浪華古本屋騒動記

堂垣園江

Dogaki Sonoe

講談社

目次

装画　龍神貴之
装幀　泉沢光雄

浪華古本屋騒動記

《再会》

和歌山の採石場へ向かうトラックに乗せてもらっていたムシカとチキは、突然降り出した大雨に、それぞれが違った意味で苛立っていた。竜神様の妨害だとほざくチキの横で、ムシカは時間を気にしている。夕方にはアジサイフェアの手伝いに来るようにと高津《たかつ》から言われているのに、瞬間移動でもしない限り間に合わない。今頃は谷町六丁目の浪華古書会館で、盛大、かつ、しめやかに、古典籍だけを集めた大入札会が開催されているだろう。そう、しめやかにだ。いつもは首からタオルをかけている古本屋たちがネクタイを締め、小難しい面《つら》で客を案内している。大昔の人が書いた経文や書状をありがたく展示し、入札の封筒を添えて価値を練り上げてゆくのだ。鎌倉時代や安土桃山時代のものまで出てくるから、博物館顔負けだった。チキのお目付け役であろうとムシカは、貴重な古典籍に直接触れることができる裏方の手伝いを楽しみにしていた。

雨はいっそう激しさを増してきた。忙しなくワイパーがフロントガラスをぬぐっても、マシンガンの勢いで吹き付けてくる。あのまま阪和自動車道を走っていれば少なくとも道路状態はマシだったものを、山に出てえや、山に、と煩《うるさ》くせがむチキに根負けして、運転手が一般道へ下りたのだ。カーナビはとっくにイカれていた。カーブが増え、どんどんと道幅が狭くなる。紀伊山麓の深い山々が、魔物のようにトラックを取り込んでゆく。

「どないすんねんな、チキさん」

ムシカはそっと肘でつついた。チキは眉間に皺を寄せ、呪文もどきを唱えている。またたった。都合が悪くなると、すぐこれだ。知己《ともき》がチキと呼ばれるゆえんである。インチキのチキ。どうしてこんなやつの言葉を真に受けて、ついてきたのだろう。すぐそこや、とチキは言った。すごいモンがあるとも耳打ちしたくせに、その正体すら明かしていない。どうせアジサイフェアの手伝いが嫌で、ヒッチハイクでもして遠くへ行きたくなっただけだろう。トウが立ったアイドルみたいな顔立ちでも、誠実そうなムシカの雰囲気は初対面の相手に好感を与える。チキはそれを利用した。チキだけでは誰も車に乗せてくれない。

「喝！」

いきなりチキが大声を上げた。閃光が走り、天からの雷《いかずち》が大地を揺さぶる。ひえぇ、と運転手が、いかつい顔に似あわない悲鳴を上げた。ふわっと白い何かがフロントガラスを横切る。スーパーのレジ袋……？

「お狐さまや！」とチキが叫んだ。

「ええ？」思わずムシカはチキを見る。

「臨、兵、闘、者、皆、陣、列、在、前」

素早くチキは印を結んだ。とっておきの蔵規奥書の一文をぶつぶつやりだし、念を込めてぎゅっと目を瞑る。蔵規奥書は難しそうに聞こえるから、啓太に読みがなを振ってもらって必死で暗記したのだ。痩せこけた無精ひげだらけの小男が顳顬《こめかみ》に青筋を立ててこれをやると、修行を積んだ霊能者に見えるから性質《たち》が悪かった。カッとチキが目を見開く。もう一度、声を張り上げて「喝！」と叫ぶ。運転手がびびって急ブレーキを踏んだ。濡れた路面でタイヤがスリップし、長い荷台が振り子になって車体が流れる。

ガツン、と鈍い衝撃を伴い、どうにかトラックが停まった。ベンチシートの真ん中で、チキがひしゃげた猿みたいにずり落ちていた。

「痛いなあ、おっちゃん、何してんねんな。ちゃんと運転してえや、頼むで」

乗せてもらっている恩も忘れてチキは、ふてぶてしく文句を言う。ムシカもシートベルトに圧迫されて息が詰まったが、崖に突っ込まなかっただけでも儲けものだと胸をなでおろしていた。

　タイヤが飛沫《しぶき》を上げて空回りしている。後輪が溝に落ちたのだ。済まなそうに運転手はロードサービスに電話するが、雨が電波を阻んで通じない。

「どいつもこいつも、使えへんな」

　チキは腕を伸ばしてトラックのドアを開け、ほれ、ほれ、と犬ころを払うみたいにムシカを追い出した。ムシカは一瞬でずぶ濡れになった。激しい雨で髪も服もペッタリ体に張り付き、せっかくの長い手足が災いして川から這い上がってきたゾンビみたいになっている。自分が追い出したくせにチキは、指を突きつけてケタケタと笑った。前歯の抜けた口で無精ひげだらけの小男にコケにされると、ムシカは貧乏神にいたぶられている気分になってくる。

「笑《わろ》てんと、降りてこい！」ムシカは怒鳴った。温厚なムシカが、年上相手に声を荒らげるのは珍しかった。

「カリカリしなや、血圧が上がんで」

　チキは、ひらっとトラックから飛び降りる。その途端、自分もずぶ濡れになったが、それがまた可笑《おか》しいのか、よけい笑った。笑いながらエビみたいにのけ反り、ふえっくしょん、とくしゃみをする。唾とも雨ともつかない飛沫がまともにかかり、思わずムシカは顔を覆った。

「なにすんねんな、きちゃないな」

「ええやんけ、どうせ濡れてんねんから。ふえっくしょん」チキは垂れてきた鼻水をずるっと啜る。「見たか?」と擦り寄り、「見るって、何を」とムシカが頭を押しやると、「お狐さまや」とチキは雨で煙る山の影を振り返った。

「狐?」

「飛んで行きよったやろ? 鬼門の方角や。天王寺さんの方とちゃう? 飛谷に集まる天狗をたぶらかす気やで。ふえっくしょん」

天王寺には、大阪切っての風俗街「飛谷」がある。赤線風情をそのまま残し、店先の揚見世には今でも遣《や》り手婆《ババア》の隣に商品の女の子がちょこんと座っていた。その昔、トンビが多く飛び交う上町台地の窪地として知られ、トンビ谷が訛《なま》って飛谷になった。「あのな、チキさん。少しは自分の置かれてる立場を考えろよ」ムシカは言わずにいられなかった。

「俺はここに立ってんで。ふえっくしょん」

「アジサイフェアの手伝いや。せっかく高津さんが声をかけてくらはったのに、間にあわへんやろが。誰のためやと思てんねん」

「しゃあないやんけ、すごいモンを見つけてんから。ツキは一瞬。瞬きは運のモン。ウンコを逃がしたら屁も出えへん」

「ほんなら、出すな、きちゃないな。アジサイフェアには老舗《しにせ》のご隠居さんらも来はるから、ちょっとでも心証をよくしてやろういう高津さんの親心が分からんか？　知らんで、組合の借金。返す当てもないくせに」

「当てくらい、あるわい」

「嘘つけ」

「ええもんがあるって言うたやろ？」

「ほんならさっさと、それを言え」

「極秘情報をそう易々と教えられるかい。ふえっくしょん。あかん、風邪ひくわ」

「アホは風邪ひけへん。しょうもないこと言うてんと、高津さんへの言い訳でも考えろ。今頃、怪獣になったはんで。一人で死ねよ」

「高津、高津って、煩いな。前から思っててんけどな、何でお前って、ここぞってときに腹がすわらへんねん。ヒーローみたいな人たらしの面は、見かけ倒しか？　そやし、いつまでたっても店が持たれへんのとちゃうん」

絞め殺したろか、とムシカは胸倉を掴みそうになった。持てないのではなく、持たないだけだ。今はまだ、その決心がつかない。

「まあね、ええけどね。せいぜいそのでかい図体をちっちゃく丸めて縮こまっとき」

チキは土砂降りの中、ひらひらと手を振って歩きだした。びっくりしてムシカは呼び止めたが、人の言うことを聞くチキではなかった。突風が吹き、降りつけてくる雨にムシカはまともに顔を上げられない。手をかざしてどうにか目を細めたが、貧相なチキの影は、ありもしないお宝の幻に誘われて、吹き荒《すさ》ぶ雨の中に消えていった。爆撃のすさまじさで雷が炸裂する。ムシカは頭を抱えてタイヤの脇でうずくまった。まるで天罰だった。だとしたら何の罰だろう。


地下鉄の谷町六丁目駅で降りた小田島啓太は、ぽつぽつと降り出した雨に上着を脱ぎ、谷町筋をダッシュした。淀屋橋の店を出たときは薄日が射していたのに、真っ黒な雨雲が町を覆っている。梅雨には珍しく雷まで鳴っていた。アスファルトの歩道に雨のドット模様が増えてゆく。

大阪平野にナメクジを落としたように南北に伸びる上町台地の尾根を、谷町筋は縦断していた。頭に大阪城を置き、南部で町の穢《けが》れを天王寺が清めている。谷町六丁目はちょうどその中間に位置し、梅田、大阪城、難波、天王寺を半径五キロ以内に繋ぎながら垢抜けしない昔ながらの下町が広がっていた。上町台地のうねるような坂が上がっては下がっている。次の信号を曲がれば浪華古書会館はすぐそこだったが、運動不足の体に坂道はキツい。裏道に曲がっても、上り坂が続いている。

浪華古書会館の中古ビルは、相変わらずパッとしない風貌で下町と馴染んでいた。それでも今日ばかりは、パチンコ屋並みのけばけばしさで玄関先に花のスタンドが飾られ、ロビーのガラス壁には内側から紅白の幕が張られている。アジサイフェアの一般公開日だからだ。古典籍だけを集めた大阪の大入札会・アジサイフェアは五年ぶりだった。古い経文や古文書、掛け軸といった骨董に類する古典籍は、どうしても最低落札価格が高額になり、不景気の影響をもろに受ける。しかし本当の理由は、大阪がいにしえの文化を持ちながら、古典籍の層が薄いからだった。

——信長のせいや。石山本願寺を焼きくさって、あれでケチがついてんがな。

——あの後からでっしゃろ? 何べんもの大火事で大阪がワヤになったんは。崇《たた》られてまんねん。顕如《けんにょ》の呪いや。焼かれたら、焼き返してまえ、ホトトギス。

そんな言い訳を何度耳にしただろう。将来を危惧した老舗のボンたちが一年がかりで集めなければ、実現しなかったに違いない。そして、そういったボンたちのがんばりが、いっそう啓太を同世代の仲間たちから孤立させていったのだった。色町好きのモヤシ男と陰口を叩かれているのも啓太は知っている。知っていても、言い訳するほうが面倒くさい。

どうにか本降りになる前に、啓太は浪華古書会館の軒下に駆け込んだ。膝に手を置いてぜいぜいやっていると、「汗かいても、恥かきなや」と浪華古書組合の組合長がぼそっと囁いて通りすぎた。ぷんと樟脳の刺激臭が鼻をつく。組合長に限らずみんな着慣れないスーツでめかしこみ、市役所の戸籍係みたいになっていた。それほどまでに大がかりな入札会なのだ。この数日で億単位の金が動く。館内はいくつかの塊りを作って人が集まっていたが、ぼそぼそした話し声は一層静寂を際立たせ、オークション会場にも似た緊張感を漂わせていた。実際、顧客が欲しがる古典籍を古本屋が落札してやるのだから、形を変えたオークションと言えなくもなかった。客の前で入札するか、明日の本入札で勝負をかけるかはヤマ師たる古本屋の駆け引きだ。同額でテッパらないぎりぎりの額を誰もが狙う。天才ヤマ師と呼ばれた啓太の父恒夫は、絶妙な金額で入札した。テッパる相手がいるとすれば、高津だけだろう。

その高津が、「先生、ほな、またよろしゅうに」と馬鹿でかい声で客を送り出している。相変わらずのマイペースで、服装も麻のジャケットにサーモンピンクのシャツを合わせ、ポケットチーフまで挿していた。若い頃は和製ロバート・レッドフォードでならした男だ。似合わないわけじゃない。だからと言って、サーモンピンクは浮きまくっていた。目立って何ぼ、を高津は地でやる。ぎりぎりのところでマナーは守るが、人がギョッとするのを見るのが面白くてたまらないのだ。明治創業の名物古本屋、高津書店の三代目は、「今日も元気だタバコがうまい」と、非常階段の横に設置されている喫煙所へと入って行く。啓太は高津に見つからないように、そっとロビーの奥へとひっこんだ。駆け込んできたのがばれれば、何を言われるか分かったもんじゃなかった。啓太の父が倒れてからというもの、高津はやたらとお節介を焼いてくる。ゆうべも「ちゃんと来いよ」とわざわざ電話をかけてきて、年寄りに対する言葉使いまで細かくレクチャーした。親父の代からの顧客に、案内を頼まれているのを知っているような口ぶりだった。だったら譲ってやるのに、と啓太は思わないでもない。

その客が、ロビーに見当たらなかった。まだ来ていないのだ。携帯電話が鳴り、客からだと思って出ようとすると、父が入居する老人介護施設からだと分かった。反射的に指が電源を切ってしまう。黒くなった画面に歪んだ自分の顔が映っていた。

いきなり携帯電話を取り上げられ、むっと啓太は顔を上げた。喫煙所へ入ったはずの高津が、にっこり笑って立っていた。「今頃お出ましか？　小田島君も偉《え》ろうならはったもんで」と高津は小指を立てて、ぴくぴくと動かす。おまけに小田島君と呼ぶときの高津は怒っていた。

高津は喫煙所へと啓太を引っ張って行った。一本くれと指を突き出し、タバコの代わりに啓太は喉飴を渡した。「良い子の小田島君は、飴ちゃんでちゅか」と高津は嫌みったらしく赤ちゃん言葉を使う。とりあえず携帯電話は返してくれたが、喉飴はパッケージごとポケットに入れ、「目クソ、ついてんで」と目頭を触った。慌てて啓太は目をこすった。「しゃんとせえ」と高津が背中を叩く。滴る汗を我慢して、渋々啓太は上着を羽織ったが、汗で濡れたワイシャツが肌に引っついて気持ち悪かった。エアコンの冷風に煽られて、古書組合のポスターがぺらぺらしている。あの下は涼しそうだった。ポスターの中でゆるキャラの古書タンが「メ～探偵参上！」とVサインを送っている。着ぐるみに入っているのはチキさんだ。このクソ暑いのに一日三千円で引き受けたのだと、月曜日恒例の古書市でムシカが面白おかしく喋っていた。

パッと辺りが白く光り、雷が炸裂した。受付のおばちゃんが、少女みたいな悲鳴を上げる。

裏方を手伝っている若手連中が、花のスタンドを気にして外へ飛び出していった。

そのうちの一人と目が合うと、啓太はさりげなく背中を向けた。そんな啓太を横目に高津が、「帰らはったで」とぼそっと言う。

「帰った？」

高津は聞こえない振りをして、タバコに火をつけていた。やっぱり持ってたんだ、と啓太は思い、それ以上聞くのをやめた。高津は顎を突き上げて、窄《すぼ》めた口からぽっぽと煙の輪を飛ばしている。換気扇に吸われて煙の輪が崩れると子供みたいにむくれ、「野太い声のご隠居さんやったら、とっくに来て、帰らはったで」ともう一度言った。

「え？　でも、まだ時間が」慌てて啓太は腕時計を見た。

「デモもクソもあるかい」と高津はスタンド式の灰皿でタバコをもみ消す。

「お客さんが指定しはった時間を真に受けて、どないすんねん。約束した時間の、前後二時間はみとけって、俺は教えたよな。お前のお父ちゃんやったら、シャッターが開く前から入り口の前で待っとるわ」

啓太の客は昼過ぎに来て、高津の案内で江戸中期写しの狂言記集を落札して欲しいと頼んだようだった。「おかげで儲けさせてもらいましたわ。ありがとうさん」と高津は白々しく頭を下げる。すみません、と啓太が謝ると、「それだけか？」と厳しい口調になり、「以後、気をつけます。お手数をおかけしました」と啓太はもっと丁寧に謝りなおした。

「あのな、俺が言いたいのはな」

しかし高津は言いかけて言葉をとめる。損をしたのに悔しがりもしない啓太がじれったく、「この間の子、どないや？　先方は気にいってはるで」と、先週、無理やり勧めた見合いの話をわざと持ち出した。やっと啓太が嫌そうな顔をした。最初からそうせえ、と心の中で高津は叱る。

「若い子とタダでやれるんや。それだけでも儲けもんやろが」高津は啓太からせしめた喉飴を口に入れた。歯に当てて転がし、ガリッと嚙み砕く。

「タダって……。まだ十八じゃないですか」

「お前がこましとる風俗のお姉ちゃんらと、どこがちゃうねん」

「だから、それは……」啓太は言いかけて口を噤《つぐ》んだ。風俗街の茶屋で清掃のバイトをしていると話したところで、高津に何が分かるだろう。

「結婚したら、間接的に癒《いや》されることもあるがな」

「女子高生にですか？」

「今年の春に卒業しとるわ」

高津は「ここや」と拳で啓太の心臓を押す。「はよ親になれって言うてんねん。親になって、愛し、愛されたら、開きっぱなしの心の穴もふさがる。男のくせに穴なんか開けくさって、オカマ掘られんぞ。何がガキのころのトラウマじゃ、ウマシカのくせして。だいたいな、その気色悪い東京弁があかんねん。生粋《きっすい》の大阪人が、情けない」

高津の意味ありげな言い方に、何を知っているのだろうと啓太は疑う。タクシーで到着した金持ちっぽい老人に声をかけられると高津は、顔を笑みであふれさせ、商売人らしい朗らかさで挨拶した。「こちらは?」と聞かれて「桃神《ももがみ》のボンですわ」と啓太を紹介する。慌てて啓太は上着のポケットをまさぐるが、こんな日に限って名刺入れを忘れていた。

「三十過ぎにもなって、ほんま半人前ですんません。うちの店で修業してたときに、ここの親父が倒れましてね。中途半端な状態で店を継ぎよったさかい、店主やいうても丁稚《でっち》に毛がはえたようなもんなんですわ」

その場をつくろう高津に、啓太は言葉もない。高津は機嫌をとるように、客の上着についていた雨の雫をポケットチーフで拭ってやった。

「そうですか、桃神書房さんの」と、老人は柔らかな物腰で社交辞令的な挨拶を返す。「どうりで坊ちゃん顔の優男だと思いましたよ」とちくりと刺し、「今度お世話になるときは、私が死んだときですかな」と微笑んだ。もう、お前の店では買わん、という意味だ。ただし、死んだときは高値で買い取ってくださいよ、と。骨董品以上に古書は、遺族が持て余す場合が多い。それでも、そろいのエプロンをつけたバイトがマニュアル通りに査定する大手古本屋チェーンに持って行くのははばかられ、故人が買った店が責任を持って買い取るのが常だった。こういったことを含めてアフターケアと呼ばないのは、顧客の死と直接結びつくからだろう。古書業界では、一般人からの買い取りはウブ出しと言われ、値段が上がる。特にコレクター本は希少性の高いものが多く、文字を追う目が残す「目垢」も少なかった。コレクターは本を読まずに飾って眺める。

話もそこそこに老人はスタンバイしていた馴染みの古本屋に呼ばれ、ロビーへと戻っていった。人ごみに紛れてゆく背中に、ふうと息をついたのは啓太ばかりではなかった。お前なあ、と横目を向ける高津は、呆れるというより、勝手にせえ、と見放しているように見える。だったら構わないで欲しいと啓太は思う。この不景気に古書が飛ぶように売れる時代は、もうやってこない。屋台から始めた親父が文字通り、裸一貫で財を成したのは、戦後の復興景気に乗じて富のおこぼれにあずかることができたからだ。クソ親父はそんなことも分かってなかった。天才ヤマ師の名前に溺れ、時代の流れも読めないまま、売れもしない高額の本をプライドだけで買い続けやがった。

「お父ちゃん、どないや？」と聞かれ、「相変わらずです」と啓太は呟くように答える。「恒さんとは大入札会のたびにテッパって、睨み合いをかましたからなあ」と高津に懐かしそうな顔をされると、啓太は舌打ちしそうになった。

受付のおばちゃんに呼ばれ、やっと高津が喫煙所から離れた。その隙に帰ろうとした啓太だったが、高津はすぐ戻ってきて、「あいつら、おらへんがな」ときょろきょろした。

「あいつら？」

しかし高津は答えない。明日の廻し入札で使うお盆をかかえて、桐宮《とうきゅう》書院のボンの宮君が地下倉庫から上がってくると、「あいつら、見いひんかったか？」と呼び止め、さあ、と首を傾げられて、「何で知らんねん」と八つ当たりした。逃げるように宮君が階段を駆け上がってゆく。

急にそわそわし始めた高津に、啓太は嫌な予感がした。こういうときの高津は決まって何か企んでいる。雨の飛沫を飛ばしてタクシーが到着すると、おっ？　と外に首を伸ばした。やっとお目当ての客が着いたのか、傘立ての傘を引っこ抜いて、土砂降りの中、飛び出して行く。中腰になって後部座席に傘をかざす高津が邪魔になり、客の姿が見えなかった。赤い傘がぱっと開く。女だ。古典籍ばかりを集めたアジサイフェアに女性客は珍しい。

「小田島くぅん」と高津が猫なで声で啓太を呼んだ。啓太は咄嗟に非常階段の下に隠れた。冗談をかます高津に、女性客が可笑しそうに笑っている。あの声は知っていた。奥寺理香子だ。東京にいるはずの彼女が、なんだってここに。

そっとロビーを覗くと、黒いビジネススーツを着た奥寺理香子が立っていた。二年前より長くなった髪を後ろで束ね、相変わらず踵の低いパンプスを履いている。少し痩せたのか顎のラインがシャープになっていた。そのせいで疲れているようにも見える。

「小田島くぅん」とまた高津が呼んだ。啓太は慌てて頭を引っ込めた。ちょうど階段を降りてきた宮君が不思議そうに立ち止まったが、啓太はしっと人差し指を唇に当てた。エレベーターが到着し、二人の笑い声も消える。やっと、どうにかほっとしたが、二階を見上げずにはいられなかった。ここを上がれば、何かが変わる。分かっていても、階段に乗せた足が止まってしまう。玄関前にタクシーが到着すると、啓太は外へ飛び出した。降りてくる客を押し退けて後部座席に座り、「天王寺の飛谷へ」と運転手に言う。

「おい、こら、桃神」客を出迎えに来た古参の古本屋がタクシーに向かって怒鳴った。飛沫がかかった客に「すみません、先生」と傘をかざし、「あの青年は？」と聞かれて、桃神書房の店主だと答える。

「古本屋さん？」

「梁瀬《やなせ》先生が気にするような奴やあらしません。ええ大学に行ってたようなことは聞いてますけど、商売はからっきしですよって。やる気がないんでっしゃろな。稼いだ金は全部、風俗の花代や。親父が知ったら、泣きまっせ。あの様子じゃ、どうせまた風俗ですわ」

ささ、先生こちらへ。と古参の店主は腰を低くして梁瀬を会館に招き入れた。「そうですか。お父様のご商売を」と梁瀬は、土砂降りの中、谷町筋へと曲がってゆくタクシーを振り返る。十数年前、発掘されたばかりの弥生時代らしき土器に刻まれた象形文字を、すらすらと解いた学生がいた。当てずっぽうだろうと真に受けなかったが、その後、時代考証と解読が進むにつれ、ほとんどの部分であの学生が口にしたとおりになった。意外にも建築科の学生だった。抜群の成績で入学したにもかかわらず、ろくに授業に出ずに落第を繰り返し、梁瀬が連絡を取ろうとしたときには大学を辞めていた。さっきの青年は、その学生とよく似ている。とくにあの無感情で、孤独な目が。確か名前は小田島啓太。

　ムシカたちを襲った集中豪雨は、意外と直ぐに上がった。それでもロードサービス会社のクレーン車が到着したのは夕方で、やっと溝からタイヤを持ち上げてもらったときは、切れた雲の隙間から夕焼けの残照が覗いていた。チキがどこへ行ったのかは、分からない。携帯電話も通じなかった。雨のせいではなく、料金未払いで止められているのだ。

　親切なトラックの運転手は、一番近いＪＲ阪和線の駅まで送ってくれた。近くに紀泉アルプスの登山口があるらしく、高齢の登山者グループが濡れた合羽を駅のベンチにかけて水筒のお茶を飲んでいた。周囲の高い山々を割って、丘のような小山が正面の視界を抜いている。小山はみかん山らしく、あれを越えると海岸線に出るようだった。「あの兄ちゃん、だいじょうぶかな」と運転手はフロントガラス越しにみかん山を眺めている。ムシカも、せめてみかん山をうろついてくれればいいのに、と祈るような気持ちで目を細めた。

落雷の影響を受けて電車の到着が大幅に遅れ、やっと難波に着いたときは夜の九時を回っていた。高津に連絡を入れられないまま、もうこんな時間だった。

とにかく大急ぎで谷町六丁目へ向かった。浪華古書会館の窓は全て明かりが灯り、下りたブラインドの向こうで忙しなく人影が動いていた。さすがに大遅刻が恥ずかしくて、こっそり裏口から入った。その途端、「こんな所で弁当なんか食うな、床が汚れるやろが」と叱り付ける宮君の声が聞こえてきて、慌てて跳ねるように足を上げた。案の定、濡れたスニーカーがリノリウムの床に泥だらけの足跡を残している。

最初の一歩をつまずくと、ドミノ倒し式に予定が全部崩れてゆく。そう嘆いていたのは誰だっただろう。汗で感覚が麻痺していたせいで、Tシャツやジーンズも湿っていたのに自覚がなかった。こんな格好で紙質がもろくなっている古典籍を触れるはずがないのである。アジサイフェアの手伝いなら、五年前にも経験していた。あの頃はまだ桃神でバイトしていて、おやっさんに、目を肥やしてこい、と行かされたのに、室町時代や江戸時代の古典籍にびびってまともに近寄ることもできなかった。今度こそ、と思っていたのに。

モップで床を拭っていると、夜食の買い出し連中ががやがやと階段を降りてきて、決まり悪さからトイレに隠れた。連中は啓太を口々にののしっていた。

――桃神のボケ、なんで今日ぐらい手伝わへんねん。今度という今度はジュニア会から追い出すからな。

――風俗に行っとんねん。あいつの出品物なんか、隠してまえ。

――まあ、見とってみ。そのうち性病でくたばりよるわ。

ムシカに何ができただろう。忙しさから来る苛立ちの捌《は》け口は、どうしても啓太に集中する。この場にいないという意味ではムシカやチキも同罪だが、老舗のボンとの立ち位置の違いは避けられるものではなかった。そんな啓太をムシカは半ばやっかみ、半ば同情した。もちろん手伝わない啓太が悪い。だからといって風俗通いに的を絞って攻撃するのは、ちがう、と思っていた。自分にしても、二年前、理香子が東京へ戻ったやりきれなさから、東梅田の風俗街で太股がむっちりした女の子を抱いたのだ。金でケリがつく捌け口は、理屈じゃなかった。

結局床を掃除しただけで、浪華古書会館から出るしかなかった。谷町筋を無駄にだらだら歩いているうちに、いろんなことが白けてきて、波のように疲れが押し寄せてくる。てんてこ舞いの一日だった。そのくせ、特に何もしていない。こういう日が一年のうちで、いったい何度繰り返されているのだろう。

気がつくと、天王寺まで来ていた。交差点を西へ曲がればドヤ街が広がり、そのすぐ筋向かいには大阪切っての風俗街飛谷が、一日中、男の生気を吸い取っている。啓太が入り浸っているエリアだ。大阪万博のころまでは赤門が残っていたと聞く。赤門の側には必ず「足洗い」の井戸があるはずだった。その井戸の水で足を洗えば、人生がリセットされて新しい朝がやってくる。

ムシカは赤門跡の前に立ち、足洗いの井戸を探した。古本屋の仕事から足を洗いたいわけじゃない。しかし、どうしても不安が付きまとった。やっとのことで入社した商社を辞めたとき、組織に人生を縛られてたまるか、と大見得を切った。本当は仕事についていけなかっただけだった。なのに時々、もし逃げ出さなかったら、と思うことがある。

赤門跡に立っていると、勢いよく走ってきた少女とぶつかった。長い髪を二本のお下げに編んだ十歳くらいの女の子だった。少女はムシカを突き飛ばして、通りの隅に祀《まつ》られているお稲荷さんの後ろへと逃げ込んだ。台座が石を組んで作られている祠《ほこら》だ。たぶんあれが足洗いの井戸だろう。井戸に籠る女郎の念を、お稲荷さんで封じたのだ。「ちょっと、待ってったら」と大声で叫ぶ女の声にムシカは振り返った。丁字路で、啓太がギャル化粧の風俗嬢に腕を引っ張られていた。

――なんで昨日、来いひんかってん。

翌朝、ムシカを叩き起こしたのは、高津からの電話だった。こっちからかけるつもりでいたのに、またやってしまった。

――まあ、ええわ。ええことないけど、もう、ええ。

――ええんですか？

――ええから今日はこっちへ来い。夕方、うちの店に集合や。みんなにも伝えとけ。

――でも、まだ今日は後片付けが……。

とっくに電話は切れていた。メンバーの内訳も、明確な時間も言わなかった。こうやっていつも試しているのだ。

ムシカはしばらく布団の上で、切れた携帯電話とにらめっこしていた。高津が言う〝みんな〟の中には間違いなく啓太も含まれているだろう。桃神のおやっさんが倒れてからは、息子のように啓太のことを気にかけている。

仕方なく啓太に電話をかけると、長い呼び出し音の後、留守番メッセージに切り替わった。なんとなくほっとして高津の伝言を残したが、通話拒否された不快さも残った。

テレビをつけると、ワイドショー番組が和歌山を襲った昨日の集中豪雨を取り上げていた。人気の高い紀伊山麓のパワースポットがいくつも土砂に飲まれ、「竜神様の祟りですな」と霊能者のコメンテイターが真面目腐った顔で数珠を揉んでいた。昨日、トラックが立ち往生した場所より更に南だ。しかし遠すぎるという距離でもない。「昨日は壬辰《みずのえたつ》でした」と霊能者はカメラ目線で顔を上げる。「壬辰とは、水がしっかりと土である辰に押さえられている土剋水の日のことです。にもかかわらず竜が暴れた。開発という人間悪が神々の力を奪い、悪霊を放ったのです」画面いっぱいに「悪霊」の文字が現れる。スタジオがどよめき、ここぞとばかりに霊能者は呪文を唱えた。チキの好きそうな番組だった。土砂災害による人的被害は出ていない。それだけでも救いだった。

携帯電話が鳴り、チキだと思って飛びついた。しかしかけてきたのはチキの元愛人の時恵で、「お願い、すぐ来て」と聞き取りにくい小声で言った。「何があったん」ムシカはテレビを振り返り、まさか、と思う。電話は既に切れていた。

ざわつく胸にムシカはチキの店へ自転車を飛ばした。ゆうべ歩いた谷町筋の坂を猛スピードで下り、天王寺まで行かずに手前で曲がる。こういう日に限って土曜日で、茶臼山《ちやうすやま》に建つ一心寺へ向かう参拝者たちが歩道に列を作り、思うように走れなかった。裏道に逸れ、自転車を担いで路地の石段を駆け降り、再び坂を上る。ビルの狭間から通天閣が見えてくると、飛谷に日参する啓太をちらりと思ったが、すぐにどうでもよくなった。林立するラブホテルの間を突っ切ると、難波と天王寺の間にありながら、昭和の遺物のような界隈が姿を現す。たこ焼き屋の屋台はソース臭い煙を上げ、看板の文字が消えかかった日割り駐車場が人通りに見棄てられて粗大ゴミ置き場にされていた。ガレージを改装したような町工場から金属を削る機械音が聞こえてくる。チキの店も自動車修理工場の二階を借りていた。タイヤのナットを締める電動レンチが、一日中、卑猥なバイブレーションで床を震動させている。

ムシカは壁際に自転車を乗り捨て、外付けの鉄の階段を駆け上がった。上がった先がチキの店だ。アルミサッシのドアに「チキチキ文庫」と書かれたカマボコ板がぶら下がっている。

焦る気持ちを抑えて「こんにちは」とムシカはドアを開けた。返事はなかった。ぼそぼそした話し声が聞こえるが、誰の声かは分からない。妻の久美子だとしたら、やっぱりチキに何かあったのだ。久美子はめったにここへはやって来ない。夫の元愛人の時恵に店を任せ、パートを掛け持ちして手っ取り早く現金を稼いでいる。

返事のないもどかしさからムシカは中に入った。相変わらず店内は窒息しそうなほど古本が積み上げられ、うっかり肩をぶつけようものなら雪崩《なだれ》を起こして生き埋めになりそうだった。チキの店は一般客を入れる店売りをしない。店といっても倉庫兼事務所で、主な収入はネット販売と市の売買で捻出していた。たまに四天王寺や中之島の古書即売会で大量にさばくこともあるが、そういった時に入る金は、中小企業で働く新入社員のボーナスより低い。基本的には、ほとんど時恵の地道な努力でまかなわれていて、チキは気が向かなければ市にも出なかった。久美子たちに頼まれて時々ムシカがチキの店の本を市で売りさばいている。そのせいでここの店員だと勘違いしている人たちもいた。ノッポの間抜けとチビのデコボココンビ。このありがたくない呼び方も、結局は事なかれ主義のムシカの優柔不断さが招いた結果だろう。チキの仕入れは、勘に頼る行き当たりばったりだ。あっちこっちを動き回ってはゴミみたいな本の束を山のように持ち帰り、資金がなくなれば、なりふり構わず浪華古書会館に置かれている「捨て箱」をあさった。市に出せなかったクズ本をみんなが捨てて帰るゴミ箱だ。さすがに捨て箱の本を大阪でさばくのは無理で、奈良や神戸の市に流した。古紙回収日の早朝にマンションを回って雑誌や漫画を物色するのは当たり前。廃品回収業者を訪ねて二束三文でごっそり買い付けてくることもあり、おかげでご覧の通り、店ごと古本の缶詰だった。ごくたまに、そういったゴミ本の中から思わぬ高値の本が出てくる。その確率は、宝くじで一等を当てるより高いだろう。古い雑誌や小説、昭和の映画ポスターに絵葉書、レコード、と古いと名のつくものならなんでもある。ちゃんと整理すればそれなりに価値のあるモノが出てくるのに、一向に片付けないのがここの連中だった。ネット注文が入れば、動物的勘で時恵が見つけ出す。

――ごちゃごちゃこそが、アートやんか。〝生きるカオス〟やで。古本屋にしかできひんこのパフォーマンスが分からんか?

屁理屈ならまだしも、本気でチキはそう思っているから始末が悪い。一時期は雑誌にも取り上げられたパフォーマーとしての未練が、そう言わせるのかもしれなかった。山積みの本が壁のようにワンフロアを細かく仕切り、迷路を作っている。ときどき、そういった本の間をささっとゴキブリが走り抜けた。うっかりムシカはチラシを踏んだ。ブラウン管テレビを大安売りする昭和の年号が入った年末セールの広告だった。

やっとのことで中央の空間にたどり着くと、テーブルに軽く腰掛けていた時恵が慌てて携帯電話を切った。「理香ちゃんなら帰ったわよ」と給湯室へ立ち、「コーヒーでいい?」と声を張り上げる。

「理香?」言われている意味がムシカには分からなかった。両手にマグカップを持って戻ってきた時恵は、「まったく、何しに来たんだか。あの子」と乱暴に二人分のコーヒーをテーブルに置く。

ムシカは時恵の表情を窺いながら、パイプ椅子を広げた。コーヒーを引き寄せ、座ったまま半ズボンのポケットから百円玉をひねり出す。ここではインスタントコーヒーであろうと飲食物を出されると百円を払う決まりになっていた。時恵は当然の顔で受け取り、茶筒の缶にチャリンと百円玉を入れた。

「何よ、そのふぬけた顔は」と時恵が、ムシカの様子を誤解してきつい目を上げた。「どうして理香ちゃんが来たかなんて、あたしに聞かないでよね」としょっぱなから突っかかる。

「まさかチキさん、また舞台に立ちとうなって劇場を借りたんですか？」

質問の糸口を探って、どうにかムシカは話を繋げた。しかし時恵は聞いていない。

「ほんと、ずるい女。カマをかけても、お得意の中途半端な笑顔ではぐらかすんだから」

ああ嫌だ、と時恵はこれ見よがしの溜息をつく。テーブルの隅に置かれている白い箱を引き寄せ、中に入っていたカップ入りのプリンを乱暴にムシカの前に置いた。理香子の手土産らしい。手土産だから百円はいらない、と時恵は自分も一個、取る。

「実は、そのチキさんやねんけど」

ムシカは話すしかなかった。理香子のことより今はチキだ。あれだけの土砂災害が起きたのだ。万一のことを考えると、黙っていていいはずがない。時恵は、「あのバカ」と、やけのように熱いコーヒーをがぶっと飲んだ。「熱っ」と噴き出し、ポリエステルの白いブラウスに垂れた染みを、嫌そうに摘んでいる。

「だから、チキさんは……」

「港町で遊んでるんでしょ？　まったく、どういう神経してんだか。何が、刺身がうまい、よ。人の気も知らないで」

「港町って、連絡があったんですか？」

「理香ちゃんが来る前にね。来る前でよかったわ。あの女が大阪に来てるって知ったら、また何をやらかすか分かったもんじゃない」

「ちゃんとみかん山から海岸へ抜けたんや。やっぱり死なんわな、あの人は」

「死ねばいいのよ。保険金が入るじゃない」

時恵の言い方は、どこまでが冗談でどこからが本気なのか分からなかった。プリンのセロハンをベリッと剝がし、添えられている小さなスプーンで面倒くさそうに掬っている。「あのさ」とプリンを食べながら眉間に皺を寄せ、理香子の会社が大阪に所有している小劇場はいくつあるのかと聞いた。

「いっぱいあるんとちゃいますか。大手やし」ほっとする反面、理香子のことで攻撃されると、ムシカは複雑な気分だった。

「幼馴染なんだから、ちゃんと聞いときなさいよ」と時恵は、幼馴染、を強調する。

「前にも言うたけど、小学生の時にちょっとだけクラスが一緒やっただけですよ。理香はすぐに東京へ転校したし、同窓会にも来いひんかったし。二年前に再会したんは、正真正銘、偶然やないですか。時さんも知ってるでしょ？　チキさんに無理やり劇場の運営事務局へ引っ張って行かれたことは。あそこで出くわさへんかったら、一生、会わへんかったかも知れへんねんから」

そうは言ったもののムシカは、ああいう偶然だけは避けたかった。よりによって、どうしてチキと土下座して劇場使用料を値切っている姿を見られなければならなかったのか。

「縁《えにし》よねえ。運命の人とは必ず再会するっていうから。小指に赤い〝糸クズ〟がついてんじゃない？」と時恵は皮肉たっぷりに両手の小指をひっつける。

「だから、子供の頃の友達って、再会した途端に距離が縮まったりするやないですか。お互いに本音が分かってるわけやし」

「本音？　あんたの本音。知りたいわねえ、あんたに本音があるんなら。だったら桃神のボンはどうなのよ」

「なんでここで、啓ちゃんが出てくるんですか」

「幼馴染でしょ？　あのボンも」

「僕らは……。いや、あのチ……」

危うくムシカは〝チビメガネ〟と言いそうになった。啓太は関係ないと言おうとしても、時恵の目が疑っている。確かに啓太も小学四年生の時は同じクラスだった。しかし啓太は夏休み中に私立の坊ちゃん学校へ編入し、二学期に入って理香子も父親の転勤で東京へ転校したから、委員長の理香子のことだけがみんなの心に強く残った。高三のとき、親に無理やり押し込まれた塾の夏期講習で、自分だけが啓太と再会した。そこだけを取り上げれば確かに縁だろう。だからといって高校生の自分たちに、特別な何かがあったわけではない。十八歳になったチビメガネは、まるで別人だった。

「塾での仲良しコンビ？」と時恵が意地悪くふんと鼻を鳴らしている。「まさか」とムシカはすぐに否定した。

「名前を知ってただけですよ。特進クラスのエースと僕みたいな凡人は、別世界の人間ですから」

「話しかければよかったじゃない」

「相手にされませんよ」

「でも、あんたは気になっていた、そうよね？」

「そんなん、時さんに関係ないでしょ」

関係ないと言われて、時恵がむっと眉を寄せた。「そうね、関係ないわよね。だから って、こっちはうんざりなのよ。言いたかないけど、久美さんは子供の給食費も払えなかったのよ。なのにあのバカ、父親のくせにどこをほっつき歩いてんだか」といきなり言った。

「給食費？」

「理香ちゃんがここへ来たってことは、うちのバカ社長が劇場を借りたってことでしょうが。どうしてくれんのよ、この後始末。あんたら三人、仲がいいんだから何とかしなさいよ」

「なんで話が飛ぶんですか」

「飛んでないわよ。あの子と、あんたと、桃神のボンよ。何もかも二年前のせいじゃない」

二年前と言われて、ムシカは口を噤んだ。あの頃のムシカは、まだ桃神でバイトしていた。

「いい？　理香ちゃんは加害者なの。あの子の会社がうちのバカ社長に小劇場を貸したりしなければ、あたしたちが借金に苦しむこともなかったんだからね。あの子に何とかしてもらってよ。それくらい、あのぶりっ子女がやってくれても、バチは当たらないでしょうが。どうしてくれんのよ、やっと借金を返したのに」

「会社が同じなだけで、理香は関係ないでしょ？　チキさんにしても、劇場を借りたかどうか、まだ分からへんねんし」

「久美さんは二つもパートを増やしたのよ。子供だってまだ手がかかるのに、あんなことしてたら、倒れちゃう」

またそっちかよ、とムシカはプリンを一口食べた。少し意地悪になって、「時さんが給食費を払うって、そう言うたんですか？」と聞いてやると、時恵は勢いが止まり、「バ、バカなことを。頼まれてもいないのに」とプリンをかき込んだ。チキの愛人といっても昔の話で、既に肉体関係はない。チキの子供も本妻の久美子との間に小学三年生の娘がいるだけで、むしろ時恵は本妻と一緒にその娘を可愛がっていた。今では店を支えるという共同目的から、時恵たちは強い絆で結ばれている。それでも元愛人には、本妻に対する遠慮がどうしてもあるのだろう。

「お金、貸してくれない」と時恵は最後の一口をぱくっと口に入れた。

「なんですか、藪から棒に。金なんかありませんよ」

「だったら桃神のボンからぶん取ってきてよ」

「だから、啓ちゃんは関係ないって言うてるやないですか」

バン、と時恵はテーブルに両手をついた。プリンを邪魔そうに隅に寄せ、段ボール箱の上に四つ折りにされていた大判の印刷物を広げる。

古い地図だった。古いといっても古典籍の類じゃない。地域を示す表題の部分が破れているから、場所までは分からなかった。大阪かもしれないし、まったく知らない土地かもしれない。鉄道は通っているが、終着駅なのか線路がこの町で切れている。峠越えの曲がりくねった道が市街地と繋がり、町の周りを水路が囲んでいた。山側に果樹園がいい感じに広がっている。左上が空白なのは、海だからだろう。

大阪だ、と時恵は言う。しかし大阪湾を望む此花《このはな》区や南港ではない。もっと市内から離れた小さな漁師町だ。海の位置から推測すると、瀬戸内海を望む和歌山との県境。

「ほら、ここ。印があるでしょ？」

駅周辺に散らばるまばらな集落の一つに時恵は指を置いた。目を凝らすと、鉛筆で薄く×印がついていた。町名が書かれているようだが真上を折り目が走っている。

「心当たりない？　桃神のボンなら何か知ってんじゃない？」

「あのね、時さん。理由もなくいちいち啓ちゃんを出すんはやめませんか」

「あるわよ、理由なら。ここって、あの人のお父さんが入居している施設のある町じゃない」

ムシカはもう一度じっくり地図を見た。こじつけを重ねると、確かにそう見えなくもない。違っていたとしても、近隣の村だろう。大阪南部の港町を地図にすると、おそらくどこもこんな感じの地図になる。

「あいつは何か言ってなかった？」

「あいつって？」

「うちの社長よ。それとも桃神のボンだと思った？」

「知りませんよ」

「だったらどうして理香ちゃんが訪ねて来るのよ」

「それとこれとは」

「何がどう違うっていうのよ」時恵はムシカを睨みつけた。「手っ取り早くうちの社長は、お宝を手に入れて劇場使用料を払うつもりでいるのよ」

「先走りしても、しんどいだけですよ」

「だったら借金はどう説明するわけ？　今回はぜったいに何かあるの。勘よ、勘。女の勘。この地図だって、椅子の座布団の中に隠してたんだから。それだけでも十分、怪しいじゃない。しかも、桃神のボンのお父さんがいる町の古い地図を」

「チキさんが怪しいのは、今に始まったことやないでしょ」

「あんたには勘ってものがないの？　そんなだから、いつまでたっても店が持てないんじゃない」

チキと同じことを言われ、さすがにムシカは黙り込んだ。桃神書房でのバイト時代を含めると古書業界にかれこれ七年、首を突っ込んでいる。それでも店を持たないのは、費用が捻出できないからではなかった。このまま古本屋を続けたとして、十年、二十年先の自分がうまく想像できない。漠然と靄がかかる不確かな未来は、三十歳を過ぎると恐怖に変わる。

時恵はいつもと違うムシカの表情に、言い過ぎたと思った。「もう一つ、食べる？」とプリンを出し、いらない、と断られると、「あっそ。クソガキ」と自分が食べた。

「時さん、やっぱりこの地図は……」

「桃神のエロ男にそそのかされたのよ」

「どうしても、啓ちゃん、なんですね」

「それ以外、何があるのよ。だいたいね、なんでああも偉そうなわけ？　こっちが挨拶しても知らんぷり。そりゃね、桃神書房はたいした古本屋よ。屋台から始めて、あそこまで大きくなったんだから。でも、偉かったのはお父さんで、あいつじゃないじゃない。聞いたわよ、風俗に入れあげてアジサイフェアの準備も、全然手伝わなかったんだって？　有名大学に入ったっていっても、中退じゃない。京大？　それとも東大だっけ？　あたしに言わせれば、国民の血税を無駄遣いしたろくでなしよ。国公立大学にどれだけの税金が使われてると思ってんのよ」

　啓太の風俗通いを持ち出されると、時恵が女性だけに庇いようがなかった。啓太のねじれた性格を理解するのは難しい。ムシカにしても正直なところ、あいつが何を考えているのか分からないことだらけなのだ。

「やっぱり、もうひとつ、もらいます」とムシカはプリンを引き寄せた。今の時恵に何を言っても無駄だった。それにしても、プラスチックのこのちっちゃなスプーンはどうしてこうも食べにくいのだろう。

「お宝はあるわよ、絶対に」時恵が意地になった。

「あるでしょうね。どこかに、何かが」ムシカはプリンを掬って口に入れかけ、うっかり落とした。あ〜あ、と半ズボンにべったりついたプリンを指で拭う。

「あるとしたら、なんだと思う？」

「札束、金塊、宝石、古典籍」

「大阪城公園を掘ったら、顕如の瓦が出てくるとか」

「それを言うなら秀吉の瓦でしょ」

「顕如かもしれないじゃない」

「どっちにしろ、発見されたんは江戸時代です。古典籍の方がまだ現実的ですよ、僕ら古本屋には」

ちっちゃなスプーンが扱いにくくて、ムシカはプリンをかきこんだ。口の中が蜜で粘つき、甘ったるさが気持ち悪かった。二個目はさすがにキツい。

「古典籍って、近松とか西鶴の？」

「江戸時代だけとは限らんでしょうね。京都と奈良に接してる大阪は、昔っから栄えた町やし、そう考えるとすごいモンが眠ってても不思議やないし」

「じゃあ、あるのよ、それが」

「ないです。大阪からの新発見は皆無です。それが通説です」

歴史の中で繰り返されてきた大火で、全部灰になってしまったのだ。大火は大都市の宿命と言ってもいい。

「そんなの、嘘よ。横取りされたくないだけよ」

「そうかもしれませんけど、大阪の古本屋が目をサラにして探しても、新発見はないんです。万が一、大阪に眠ってたとしても、こんな漁師町にはないでしょうね。あるとしたら、船場か、島之内か、帝塚山といった昔の大商人が住んでたエリアです。代を重ねて子孫に伝わるうちに価値が分からんようになって、押入れの肥料《こやし》にでもなってるんです」

「ほら、あるんじゃない」

「あったらええな、って話ですよ」

それは高津がしょっちゅう口にしている言葉だった。

――お宝がないって、誰が決めてん。あんねん、昔の大商人が住んどったとこに。アホの子孫が価値も分からんと押入れに放り込んどるだけや。

高津は酔っ払っては、決まってお宝説を口にした。そのたびに、「よろしいなあ、いくつになっても夢を持てるボンボンは」と陰口を叩かれるのだった。大阪からひょっこり古典籍の掘り出し物が出てくる可能性は限りなくゼロに近い。まず、安土桃山時代以前のものは存在しない。石山本願寺に全ての史料が集結されていたからだ。顕如の権力をぶっ潰した織田信長は、一向宗の総本山と一緒に大阪の歴史まで灰にした。ゆえに東の鬼畜。されど新王。玉座は信長から秀吉に引き継がれ、秀吉がこれまでの大阪をリノベーションして新たな商業都市を形成した。海を埋め立てて町を広げ、道路を整備し、堀を作った。土木工事は淀川の堤防整備にもおよび、水路の便を図って更なる経済の成長を促したのだ。秀吉は、商人の町大阪を確立させた男だと言ってもいい。足軽から王にまで上り詰めた大阪が誇るスーパースター。羽柴の名前をもじって橋場とつけられた地名は大阪に多い。呉服屋は、紋付の着物の既製品をつくる時、当然のように桐の紋を入れる。豊臣家の家紋だからだ。

「大阪のどっかに、豊臣家の隠し金が眠ってるかも知れませんけどね」

「秀吉の菊桐金錠が発見されたのって、確か淀川分流の大川の川岸じゃない？　桃神書房の近所の」

「昭和の初めに、造幣局の前あたりで見つかったアレですか？　味噌汁に入れる蜆《しじみ》を採ってたじいさんが、見つけたんですよね、平たい干し芋みたいな金錠を。付加価値がついて、一本、一億円」

「今夜、大川へ蜆採りにいかない？」

「とっくにコンクリートでガチガチに護岸工事がされてるやないですか。どうやって川底をさらうんです。見つける前に死にますよ」

「やってみなければ分からないじゃない」

「なんでそう無茶を言うんですか」

「だったらもっとちゃんと、これを見てよ」時恵は地図に覆いかぶさるように両手を置いた。「団栗楼よ」と彼女は鉛筆の×印を指で押さえる。

「ドングリロウ?」突拍子もない名前にムシカは思わず聞き返した。

「立川さんよ、古本屋の。知らない?」

古本屋と言われても、ムシカは団栗楼なんて屋号を聞いたことがなかった。立川という名前は珍しくないから、同じ苗字の店主はいるが、高槻や旭区に店を持ち、地図の町とは場所がちがう。古書組合に加盟していない店かもしれなかった。ネット販売が主流になった今、コンピュータ上で売買すれば誰でも古本屋になってしまう。こういった幽霊古本屋がバクテリアの勢いで増えている。

時恵は、古い店だと首を振った。戦後すぐか、少なくとも大阪万博の頃にはあったはずだと。そんな店が、組合にも加盟しないで古本屋を続けてゆけるはずがなかった。組合員でなければ古書市での売買もできない。

「ありえませんよ」とムシカは言った。

「実際にやってたんだから、しょうがないじゃない」

「時さんは、その店を知ってるんですね」

「知らないわよ。でも、そう聞いたのよ」

「誰から」

時恵は答えない。情報源はチキではないのかも知れない。ムシカは質問の方向を変えた。

「その店が、チキさんの探しているお宝と関係があるんですか」

「組んでるんじゃない？」

「誰が、誰と」

「立川と桃神のボンよ。さっきからそう言ってるじゃない。コレだけ証拠が揃えば一目瞭然でしょ？」

ムシカから見れば、証拠と呼べるものは何もなかった。むしろ時恵は、ムシカの誘導尋問に引っかかる振りをして逆に情報を引き出そうとしている節がある。時恵は×印が団栗楼だと決め付けた。そこまで言うのなら、確かめてくれればいいとムシカが言うと、「うちの社長以外、誰にそんな暇があるっていうのよ」とやり返してきた。

「現にうちのバカ社長は、今もどこかの漁師町で遊んでんのよ。それって、ここ以外のどこだって言うの」

全ては想像の域を超えなかった。憶測を重ねたところで目の前にある地図以外、確かな事実はなにもない。

「利子くらい用意しなきゃまずいのよ。あさっての市で現金を稼がないと、またヤクザが取り立てに来ちゃう。どうしよう。このままだと久美さん、自分の実家を売ってしまう」時恵はぶるっと体を震わせた。その様子にムシカは、まさか、と思った。

「実家を売るって。チキさん、また街金《まちきん》に手を出したんですか」

時恵は黙って空になったマグカップを給湯室に下げた。聞いても無駄なようだった。仕方なくムシカは積み上げられている本の山を崩して、市に出す括りを作り始めた。街金はさすがにヤバイ。

ムシカが作業を始めると、時恵も地図へのこだわりをひとまず措き、本の束を作り始めた。二人とも黙々と麻紐で本を束ね、出品リストと並行してジャンル分けの荷札を書いてゆく。カオスを自慢するだけあって、国文学―物語、文書―記録史料、宗教―寺・仏等、寺社・文書、近代文献に諸芸・風俗、その他、と荷札は多岐にわたった。五寸釘が打たれている使用済みの藁人形まで出てくると、さすがにムシカは藁人形とにらめっこするしかなかった。「その他、で分類して」と時恵が言った。出品する気でいるのだ。

四時過ぎまで手伝い、高津に呼び出されているのを理由に、ムシカは作業を中断した。時恵は怒るというより疲れきっていて、だらんと床に座り込んだ。

「すいません」

「謝らないでよ。こっちはバイト料だってまともに払えてないんだから」

「そんなん、当てにしてませんよ。こう見えても市でちゃんと稼いでますから」

「そうね。店を持つだけが古本屋じゃないものね。悪いけど高津さんに会ったら、組合へはうまく誤魔化してください、って頼んでくれない？　そっちの借金まで、手が回らないのよ」

「頼まんでも、とっくにやってくれてはりますよ、あの人のことやから」

「大阪の古本屋は義理と人情か……。倒産したくても、みんなが助けてくれるから倒産しない。ありがたくて涙が出るわ、蛇の生殺しに」

「本気でそう思ってはるんですか」

時恵は肩をすくめる。さっさと行け、と手を払い、ムシカがすみません、と頭を下げると、二度と戻ってくるな、と怒鳴った。時恵の溜息の数だけ、無駄な蔵書の括りが山のようにできるだろう。街金の借金か……。

啓太はムシカからのメッセージを聞き、携帯電話を切った。車椅子の上で親父は、飛んできた蝿を追って手を泳がせている。怪我をしたと煩く施設が電話をかけてくるから、しょうがなしに来てみれば、これだ。昨日の昼食で、チクワを食べようとして自分の手を齧《かじ》ったらしい。手にバンソコが貼られていた。おまけに、どうして招集をかけた張本人が目の前にいるのだ。「海が近うて、ええとこやな」と高津は両手に缶ジュースを握って伸びをしている。

ラウンジのテラスに出ると、せり出した岬の上に建つこの施設からは、瀬戸内海が一望できた。青い影になって霞んでいるのは淡路島だろうか。岬の真下の岩場から北東に向かって、砂浜が続いている。背後に広がる松林の向こうから電車の警笛が聞こえてきた。あの辺りが駅だろう。路線バスだとやたらと時間がかかるが、直線距離なら二キロもない。

高津は缶ジュースの一本を恒夫に渡し、もう一本を啓太に差し出した。要らない、と啓太が押し戻すと、「そうか」とごくごくと飲んだ。恒夫は缶ジュースが分からずに嘗め回している。「恒さん、ここを引っ張るんやで」と高津は恒夫の前にしゃがんでリングプルを引いてやった。恒夫がジュースをたらしてズボンをベタベタにしても、好きにさせていた。

アジサイフェアに行かなくてもいいのかと、啓太は聞いた。理香子のことも聞きたかったが、プライドが邪魔をした。入札は従業員に任せたと、高津は暢気に欠伸《あくび》をする。

「経営者がそんなんで、いいんですか」

「今日の本入札は『廻し』やろ？　嫌いやねん、回転寿司みたいにお盆に載せられて一点ずつ廻ってくんのが。欲《ほ》しないもんまで買《こ》うてしもうて、後で番頭から大目玉や」

高津は決まり悪そうに頭をかいた。親父と肩を並べるつわものヤマ師の高津が、衝動買いなんかするはずがなかった。携帯電話が鳴り、「ちょっと、ごめんや」と高津が背を向ける。「ボケ、鬼札を入れんかい」と声を荒らげた。

電話を切った高津は気まずさを誤魔化すように缶ジュースを飲み干した。「やっぱりビールの方がええな。電車できたらよかったわ」と車のハンドルを握る真似をする。「乗っていくか？」と誘い、一緒に昼飯でも食おうと思っていた高津はあっさり断られてがっかりした。「ほな、夕方に、店でな」とシルバーグレイのアウディを発進させる。バックミラーに映る啓太に、こいつは来ないだろうと思った。父親の面会の後だけに、なおさらだった。どうしてこうも自分の殻に閉じこもるのか。みんなとわいわいやったら、気も晴れるのに。「愛」と高津は心の中で呟く。口にするにはおそろしく照れくさい言葉だが、漠然とした柔らかな愛の光は、誰の上にも注がれている。

高津のアウディが岬の坂を下ってゆくと、啓太は波の音に耳を澄まし、ゆっくりと空を見上げた。昨日の雨が嘘のように晴れていた。カモメが猫のような声で鳴いて、頭上を横切ってゆく。

高ぁく、高ぁく、お空へ高ぁく。

青い空に憧れて、小さなリュックを何度も放り上げていたのは、幼稚園の遠足だった。保護者の付き添いがない一人ぼっちのお弁当の時間。リュックに入っていたのは、コンビニの巻き寿司。

こんにちは、と介護士に声をかけられ、はっと啓太は振り返った。頷く程度のお辞儀を返し、逃げるようにバス停へ続く坂を下る。タイミングよくバスが到着すると、飛び乗った。老人たちの楽園が遠ざかってゆく。ラインダンスのように吊革がそろって揺れていた。バスは岬から背後に広がるみかん山を迂回し、たっぷりと時間をかけて市街地に近づく。無駄に長い乗車時間が確かに入居者家族には必要だった。

駅に着くと、町役場の有線放送が午後一時のサイレンを鳴らしていた。二両編成のローカル線は出た後で、次は三時まで待たなければならなかった。近くて遠いのは、岬と駅だけではない。同じ大阪府内でありながら、自宅からも、店からも、この町は遠い。難波まで出て南海本線へ乗り換え、更にローカル線に乗り継ぐと二時間はたっぷりかかった。この時間的な遠さを理由に、どれだけ面会を避けてきただろう。

啓太はしばらくバス停のベンチでぼんやりし、さすがに退屈になって踏切を渡った。父を入居させていながら、この町をまともに歩いたことがなかった。駅前商店街は、過疎地にありがちな、うらぶれた姿をさらしている。ほとんどの店がシャッターを降ろし、飲み物の自動販売機は旧型のデザインのボトルが陳列棚に並んでいた。かろうじて営業している定食屋を見つけ、アジフライ定食を食べた。港町にもかかわらずスーパーのお惣菜のような味だった。潮風が色褪せた暖簾《のれん》を揺らしている。

定食屋を出て商店街を抜けると、柳並木が続く用水路に行き当たった。用水路を境に民家が減り、田んぼの向こうに瘤のようなみかん山の連なりが見える。柳並木が風に枝をなびかせてそよいでいた。家出して、新聞紙に包《くる》まって過ごした町にも、柳並木が両岸を覆う用水路が流れていた。痒《かゆ》くて、臭くて、ひもじい日々だった。絶望さえ枯れていた。死だけが唯一の希望だった。

用水路に沿って歩いていると、小さなお寺で葬式をやっていた。そろそろ出棺なのか、葬儀屋のアナウンスが聞こえてくる。寺の門の上がり段に座って、小学校の制服を着た女の子が小さな何かを投げていた。高ぁく、高ぁく、お空へ高ぁく。

少女が啓太に気づいてこっちを向いた。啓太も驚きのあまり足が止まる。昨夜、茶屋の女子トイレに隠れていたお下げ髪の少女だ。飛谷で清掃のバイトをするようになって二年になるが、子供を見かけたことなんか一度もなかった。明治時代に難波辺りから移築された飛谷の茶屋はどれも建物が古い。廊下の突き当たりに共同トイレがあるだけだが、そのトイレの中で少女は体育座りをしていたのだ。少女はいきなり戸を開けた啓太にびっくりして、逃げてしまった。追いかけたが、見失った。

「ゆうべ、どうしてあんな場所にいたんですか」啓太は聞かずにはいられなかった。

「あの女が、あそこで待ってろって」と少女は、睨むような目つきで啓太を見上げる。「ゲスの母親……」と吐きすて、面倒臭そうに立ち上がった。

喪服を着た茶髪の若い女が、きょろきょろしながら寺から出てきた。腫れぼったい顔に切り込みを入れたような細い目が、肉まんを連想させた。素早く少女が啓太の後ろに隠れる。啓太のシャツをぎゅっと握り、背中に頭をくっつけた。この女が母親なのかもしれなかった。小学生の子供を持つにはかなり若いが、十代で産んだのならありえない話じゃない。葬式だけに化粧は薄かったが、金髪に近いごわごわした茶髪が水商売を感じさせた。

　肉まん女が近寄ってくると、少女は啓太の手を摑んで駆け出した。用水路の柳並木を抜け、商店街の裏の路地をジグザグに走り、ひょんな所から商店街に入ってシャッターが降りた酒屋の路地に逃げ込む。積み上げられているビールケースの後ろに二人して隠れ、息を殺した。ハイヒールの足音が駆け足で通り過ぎてゆく。啓太はほっと息をついた。少女も安心したのかスカートをはたいて立ち上がっている。そして、くるっと振り返ると、「預かってください」と金属製の小さなスプーンを差し出した。お寺の前で放り投げていたやつだ。受け取ると、重さでずしっと掌が下がる。鉄製？　それに、たぶん、スプーンじゃない。

「どうして僕が？　僕はただの清掃のバイトですよ」

「あたしが持ってたら、あの女に取られちゃう」

「そういう言い方はよしなさい。君のお母さんでしょう」

　少女はふんとそっぽを向く。ピンクのメモ帳を出して何か書き、書き終わるとビリッと破いて啓太に渡した。メルアドだった。名前は書かれていない。名前を聞くと、「コウ」と少女は手でキツネを作った。カツカツとハイヒールの足音が戻ってくる。コウは自分から茶髪女へ駆け寄った。飛谷で働いているのだろうか。見かけない顔だが、ギャル化粧で塗りたくると素顔なんか分からない。

《メ～探偵、誕生》

「さんざん待たして、お前だけか」

とっくに店の会議室でスタンバイしていた高津は、一人で来たムシカに不服そうだった。すみません、とムシカは小さく頭を下げる。チキの店から自転車で江坂に行くには遠すぎて、難波から地下鉄に乗ったのだが、駐輪所の空きが見つからなくて予想外に時間がかかった。啓太はまだ来ていなかった。もちろんチキがいるわけがない。代わりに予想外の客がいた。そのせいでムシカはドアの前から動けない。奥寺理香子だ。どうして彼女がここにいるのだ。理香子は革装丁の古い洋書に、顔を埋めるようにして臭いを嗅いでいる。

さっさと入れ、と高津に急かされ、しぶしぶながらもムシカは入った。土曜日でも彼女は黒いビジネススーツを着ていた。「出張で大阪へ来たんやて。何とかっちゅう舞台が千秋楽を迎えるらしいわ。その後始末や、なあ?」と高津は理香子の代わりに言ってやる。理香子は頷くように首をすくめ、そのまま本の臭いを嗅いだ。「理香ちゃんの変態ぶりは健在やなあ」と高津は、できの悪い姪っ子でも眺めるような目で笑う。

理香子は、二年前にも啓太の店で同じようなことをした。劇場事務局で偶然再会した後、何を思ったのか、いきなり桃神書房を訪ねてきて、おびただしい古書を前にヒクヒクと鼻を動かしたのだ。いきなり桃神書房で働いていることは言わなかった。チキがばらしたのだ。ネットで調べれば、店主の名前は直ぐに分かっただろう。いきなり店へ訪ねて来た理香子に、啓太はうろたえながらも「いらっしゃいませ」と応対した。いびつな笑みがずっと口元から消えなかった。棚に張り付いて臭いを嗅ぎ始めた理香子は、そうすることで何らかの気持ちを誤魔化しているかに見えた。

ここにいる理香子は、あの時と何が変わったのだろう。彼女は既に茶色い革装丁の本に手を伸ばしている。羊の皮を膠《にかわ》でなめしたモロッコ革装丁の「デカメロン」だ。五百年経っても、ぷんと膠の臭いが鼻にこもる。

今のこの不自然な状況を、ムシカは真剣に考えたくなかった。高津も飽きてきたのか大きな欠伸をし、窓を開けてタバコを吸っている。湿ったぬるい風が、冷房の効いた会議室に流れ込んできた。

理香子が本を持つ手を下げて、こっちを見ていた。どこか不安げな表情には子供の頃の、優しくて、自信に満ちた美少女の面影は薄い。少女期の輝きは失われ、二重瞼の大きな目も、形のいい鼻も、特に人目を引かなかった。何が彼女から光を奪ったのかは分からない。大人になる過程で少しずつ光を消耗してしまったのかもしれない。あるいは光を捨てることで、うまく世の中と折り合いをつけてきたのかもしれなかった。

二年前、長期の大阪滞在中に、理香子は再三、啓太に会いにきた。正確には些細な用事を作って店を訪れ、啓太を交えてムシカと雑談した。彼女が来た夜は決まって三人で飲みに行った。古本屋仲間との飲み会は必ずパスするくせに、啓太は一度も断らなかった。居酒屋で酒が回っても、話が盛り上がったわけじゃない。どうかするとムシカを挟んで二人は、一言も言葉を交わさなかった。

理香子は啓太があのチビメガネだと気づいているのだろうか。誰にも相手にされないチビメガネに、委員長の理香子だけが声をかけてやっていた。クラスの小さな花壇が荒らされたときも、真っ先に疑われたチビメガネを庇って、「野良犬が荒らしました。もっと高い柵を作ればいいと思います」と平和に事を収めたのだ。そしてあの時……。何かを思い出せそうで思い出せない。古い記憶は靄がかかり、薄い影になって消える。二年前の夏の夕方もそうだった。自分だけがのけ者にされたような後味の悪さは、子供の頃の何かとたぶん重なっている。あの朝、ムシカが啓太の家に居候していると知った理香子は、スイカを持って訪ねて来た。そして夏草が伸び放題の庭にびっくりして、かつての委員長の采配をふるってムシカと啓太に草抜きをさせたのだ。三人とも汗だくの泥だらけになった。やっと夕方、どうにか庭がすっきりし、ムシカが近所のスーパーに花の苗を買いに行ったのだが、戻ってくると、啓太と理香子が縁側に座って仲良くスイカを食べていた。二人は口いっぱいにスイカを頬張り、顎を突き出して種を飛ばしあっていたのだ。啓太が子供みたいにはしゃいでいた。理香子の口の端にスイカの種がマリリン・モンローのホクロみたいにくっついていて、それが可笑しくてたまらないのか、小学生のノリでからかっていたのだ。そんな二人の間に、どうして割り込むことができただろう。せっかく買ったニチニチソウの苗と、理香子が喜びそうなピンクの象のジョーロを玄関に置き、その場から逃げた。夜遅く家に戻ると、啓太が一人で縁側に座り、綺麗に植えられた庭の花を、遠くを見る目で眺めていた。

タバコを吸い終わると高津はパンと膝を叩き、キャビネットから木箱と一緒に数枚の古地図を出した。「お前らに集まってもろたんは、これや」と机に並べる。理香子も本を置き、そおっと首を伸ばした。地図だった。しかし時恵が見せたような量販された印刷物ではない。本物の古典籍だ。江戸初期の明暦三年に刷られた「新板大坂之圖」。慶長の「大坂御陣圖」は江戸中期に手描きされた写しだったが、正徳三年版「攝津大坂圖鑑綱目大成」や弘化改正「懐寶大坂圖」は版木からの刷りだった。年号も間違いないだろう。ほとんどが大坂城を北東に置き、上町台地以西の大坂の町が描かれている。ダメ押しのように出されてきた赤松九兵衛板の「攝州大坂画圖」は状態もよく、一目見て、欲しい、と思った。さすがに高津の店だった。これだけの古地図をさらりと出せる古本屋はそうざらにない。

「どう思う?」と高津がムシカを見た。どうかと聞かれても、ええもんですね、としかムシカは答えようがなかった。「それだけか」と高津はつまらなそうに口を尖らせる。

「まあ、ええわ。ほんなら、これで、どやっ」

高津は取って置きだとばかりに、漆塗りの黒い木箱を古地図の前に置いた。昔の金持ちが書状や恋文を入れて届ける文箱だ。蒔絵はない。古そうに見えるが、時代までは分からなかった。高津は紫色の組み紐を解くと、大切なものを扱う手つきで蓋を開けた。四つ折りにされたぼろぼろの半紙が入っていた。高津は丁寧に半紙を広げて机に置く。

最悪の状態の半紙だった。和紙は毛羽立ち、虫食いのあとがレースみたいな透かし模様を作っている。折り目の部分に粟《あわ》粒ほどの小さな虫が干からびて死んでいた。

「何ですか、これ」

ムシカはさすがに、ありえない、と思った。こんなものに価値なんかない。ただのゴミだ。ひどいのは紙の状態だけではなかった。そこに描かれている絵がどうしようもない。丸描いてチョンの下に、くらげみたいな足が三本ゆらゆらと引かれている。そして、その筆の線がまた汚い。高津ほどの目利きが、もったいぶって見せるような品物ではなかった。絵というより、子供の落書きだ。

「戦国時代の作戦絵図ですか」

いつの間にか理香子はムシカの横に立ち、食い入るように半紙を見ていた。嘘だろう？　とムシカは理香子を見る。高津の目が笑っていた。やっぱり、とムシカは溜息が出る。このおっさんの遊びだ。しかも今回は手が込んでいる。

「ええ線、いってるけど、ちゃうなあ、残念賞。摂津の国の地図や。つまり昔の大坂やな」

「だとしたら、丸描いてチョンは大坂城ですね」と理香子が言う。「正解」と高津が嬉しそうにパチンと指を鳴らした。

「ここが大坂城なら、三本線が川で……。だとしたら淀川、木津川、大和川……」と理香子は指を折って数える。

「冴えてるなあ、理香ちゃん。なんで東下《あずまくだ》りなんかしてん」

「東下りって……」理香子が苦笑いした。

「上方でうだつが上がらんかった奴が東の国に下んねんで」

「高津さん、理香は東京生まれですよ。っていうか、これってひどすぎませんか？　価値なんかありませんよ」

「価値？　びっくりすることを言うなあ。お前、いつからモノの優劣を決められるほど偉ろなってん。理香ちゃんは、どう思う？」

「分かりません」

「そやな。分からんな。価値いうんはな、ない思うたら、ない。あると信じてたらおのずと出てくる」

「一流鑑定士が言わはるセリフですか。古典籍や骨董が、学術的にいろんな角度から検証されて初めて価値を持つんは、高津さんが一番よう分かってはるやないですか」

ムシカはつい言い返した。理香子の手前、意地になっているのが自分でも分かった。

理香子はちらりともこっちを見ない。

「そんな真面目くさった四角定規で、何がおもろいねん」

「杓子《しゃくし》定規です」ムシカはすぐに訂正する。

「くだらん奴っちゃなあ。お前、東モンか？」

クスッと理香子が笑う。ムシカは恥ずかしさで顔が赤くなった。

「あんねん、ここに」と高津が丸描いてチョンをつつく。ムシカはもう反論せずに、黙って高津の話を聞いた。「お宝や。摑んだんや、情報を」と高津が得意そうに二人を見る。そして、「ここだけの話やけどな」と、三人しかいない会議室で声を潜めた。

この謎めいた絵地図を、天王寺の風俗街、飛谷の茶屋の畳の下から見つけたらしい。啓太が足しげく通っている界隈だ。

「女の子とヤリながら畳を上げはったんですか」天王寺の飛谷と聞いて、さすがにムシカは呆れた。

「まあ、聞きいな。その畳やけどな、一枚だけ縁《へり》の色がちごとってん。ちょびっとだけ隙間も開いとったから、しょっちゅう上げとるのは一目瞭然やろ？　あそこはどの店もトイレが共同やからな。お姉ちゃんがおしっこに行っとる隙にこっそりな」と、高津は畳を上げる格好をした。

「ようばれませんでしたね」

「そんなへま、するかいな。ああいうところは、結構おもろいモンが出てくんねん。俺はな、小田島君とはちゃうで。女をコマすだけで帰ってくるかいな。お宝探しのアンテナは、常に立たしとかなあかんねん。男っちゅうんはな、一本だけ立たしといたらええんとちゃう。何事も、冒険や。人生は、お宝にたどり着くまでの長い迷路。人は死ぬまでさすらう永遠の漂流者やっていうやろが」

風俗街のことに啓太の名前を出されて、理香子はちょっと嫌な顔をした。高津は少年のように目を輝かせている。こういうときの高津は危険だった。チキと同じ匂いがする。

「哲学ですね」と理香子がどうにか話題を学術的な方へ運ぼうとした。高津の話を真に受ける辺りが、東京人だった。大阪人は、十の話を一にして聞く変圧器を生まれながらに持っている。とんでもない法螺《ほら》話でも、脳に届くときには元のサイズに戻されるのだ。

「哲学?」高津は嬉しそうにニンマリした。「それや、それ。俺ら商売人は人生そのものが哲学やねん」とますます調子に乗る。

ムシカに何が言えただろう。どう見ても子供の落書きだ。それ以上でも以下でもない。粗悪な半紙のエッジは、鋭利だった。つまり時代がそれほど古くない証拠だ。せいぜい大正の終わりか昭和初期。もしかしたらもっと新しいかもしれない。畳の下にあったのだとしたら隠していたのではなく、湿気取りに敷く新聞紙といっしょに入れただけだろう。変色と傷みがひどいのも、畳の湿気を吸いすぎたからだ。触ると指先に粉っぽく紙の繊維がつく。ふっと息で吹くと空中に霧散した。

高津は質のいい和紙だと主張した。長屋のクソガキが使える紙ではないと。

「女郎が描いてんがな。なじみの客に、旦さん、さみしいわ、ちゅう営業の文に添えて。おいらんのええ匂いがするやろ？　雅《みやび》やなあ」高津は手で扇いで匂いを招きよせる。

「脱いだ靴下の臭いがしますよ」

「おいらんの白粉かって、腐んねん」

「飛谷は難波新地の遊郭を明治末期に移築してるんです。仮にこれがおいらんの描いたモンやとしても、明治以降ですよ」

「移築されても、全部が全部、消えるわけやない。松島遊郭は九条、梅田の北新地は高級クラブに場所を譲ったけど、代わりに東梅田の裏通りがプルンプルンのウハウハやないか。遊郭にしても、刑務所みたいな塀が取っ払われただけで、ヘルスやキャバクラと、スケベったらしい界隈はちゃんと固まりになって受け継いどるやろが」

ええか、と高津は交互に二人を見る。「移築もクソもない。遊郭を移動させたら、中身も動く。牛乳の入ったコップを右から左に置き換えたら、中身の牛乳も一緒に動くやろ？」とコップを握る手つきで右から左に手を動かした。

高津の話は簡単に言えば宝探しだった。

明治四十五年一月。風呂屋の煙突から飛んだ火の粉が向かいの遊郭の屋根に燃え移り、連日続いた晴天の乾燥と強い北風に煽られて瞬く間に火が広がった。俗にいうミナミの大火である。火は難波から堺筋にかけて点在するたくさんの遊郭を焼き、長屋を導火線に変えて類焼の範囲を広げた。人を焼き、寺町の仏を炎の渦に飲み込み、浪華古書会館のそばにある生國魂《いくくにたま》神社を火刑に処した。死者は四百人あまりと記録されている。しかし人がひしめく下町の長屋地域を全焼させて、四百人で足りるはずがなかった。遊郭があれば体を洗う風呂屋が必ず近所にある。一発やる前に体を綺麗にする意味もあるが、遊郭に入る金のない連中が風呂屋の垢すり女や髪洗い女を買った。現在のソープのさきがけである。そういった風呂屋の前では必ず春画を売る古本屋が茣蓙《ござ》を敷いて零れ銭を稼いでいた。身元不明の炭に成り果てたお仲間たちが、東横堀川のほとりにゴミのように積み上げられた光景を想像するのは難しくないだろう。ミナミの大火の前には、中之島から北新地、梅田を焼いたキタの大火がある。

大阪は長い歴史の中で何度も炎の餌食になった。そもそも〝大化の改新〟の後は、浪速が都だったのだ。大阪城の横の難波宮がその跡地である。

「笑いすぎたらヘソでさえ茶を沸かす。大阪人が何も沸かさんと灰にしてどないすんねん」

高津は別の紙を出した。江戸時代の太夫《たゆう》番付表だ。高津の話よりも、出される資料に、すごい、とムシカは息を呑んだ。

「俺はな、この香雨太夫いうんが怪しいと思うねん。江戸末期のおいらんや。足洗いの井戸に、身投げしとるけどな」

「おいらんとお宝に何の関係があるんですか」と理香子が聞いた。

「お宝のいざこざに巻き込まれたんやろ。おいらんほどの女郎が、惚れた腫れたで死ぬかいな。大阪の大火には、必ず遊郭がからんでる。ほとんどが明け方に火の手があがってんのがその証拠や。そんな時間に行灯《あんどん》をたいとる所が他にあるか？　遊女が逃げたい一心で、火付けした大火事もある。火事になったら、非常門が開くからな。焼けば開くの蛤《はまぐりもん》門や。長州藩が御所を攻めた蛤御門の変とちゃうで。遊郭の開かずの門や」そして高津は言葉を切り、勿体をつけた。

「計画的な臭いがすんねん。金持ちがお宝を隠す時、どこへ隠すか考えたことがあるか？　自分の家はまず避ける。泥棒に入られたら一発やからな。ほんならどこや？　めかけの家か？　それもあやうい。もっと、ちゃんと、隔離された場所があるやろが。一度入ったら足抜けできひん女の地獄と男の極楽。奉行所もめったなことで手入れができひん。牢屋よりも堅うて、檻より怖いがんじがらめの楽園には、金と欲が渦巻いとんねん。中でも、おいらんいうたら、別格やろ？　殿様か、大店《おおだな》の旦那しか触られへん。つまり、そういった客が託すねんがな、隠してちょうだい、と」

「それで遊郭ですか……」ムシカもいつの間にか高津の話に引き込まれていた。

「金が唸って散るところやからな。そやから、わざと火事を起こすねんがな。ネコババしても、燃えてしまいました、すんません、で済むやろ？　考えてもみい。がめつい浪速の商人が、火事で財産をチャラにしてまうかいな」

犬でも繰り返されれば学習する。商人たちが防火対策なしにやり過ごしてきたはずがないのである。京都や江戸も嫌というほど大火に悩まされてきた。しかしちゃんと古典籍が残されている。大阪から出てこないのは、隠し方がうますぎたからだ。

「山下財宝みたいなコレもんとちゃうで。題して〝ナニワの大火財宝〟、どや？」

高津は指に唾をつけて眉をぬぐった。山下財宝探しは、二十年前、聞いたこともない小さな旅行代理店から極秘という勿体をつけられ、まだ三十歳そこそこだった高津は冒険心をかきたてられて探検費用の数百万円を騙し取られていたのである。ムシカはこの話を桃神書房でバイトしていたとき、啓太の父親から面白おかしく聞かされた。〝アホやねん、ボンボンいうんは。現実がちっとも見えてへん〟と啓太の父恒夫はこき下ろした。

「でも、お宝って、何を探すんですか」と理香子が聞いた。

「出てくるもんを掘り当てたら、それが宝や」

「そんなん、逃げ口上やないですか」

「あのね、鈴木君。どんなものにでも価値はありますよ。それをどう見つけて値打ちをつけるかは、見つけたお人次第とちゃいますか？」

本名で呼ばれてムシカは言い返せなくなった。心なしか高津は怒っている。わざとらしい丁寧語も、黙っとれ、の意味だった。

「錬金術……」と理香子が自信なさそうに呟いた。

「うまいこと言うな。その通り。俺ら古本屋は、昔のゴミに価値を与える紙の錬金術師や。価値いうんは、ないところに隠れてる。ぱっと見には分かれへん。嘘や思うたら、メ〜探偵のゆるキャラ、コショタンに聞いてみ。羊と山羊のハーフやねんから、紙の味はお前らよりよう知っとるわ」

「スピリッツの凝縮。まさに〝賢者の石〟ですね。私も今のミュージカルでそこを強調しようと思ってるんです。このベラム革装丁の『対異教徒大全』とモロッコ革装丁の『デカメロン』、お借りしてもいいですか？」

「賢者の石って、ハリー・ポッターみたいやな。よう分からんけど、本か？ かまへんよ。後で深山《みやま》君に書類を作ってもらい」

しかし哲学にこじつけるのと、実際に探すのとは別問題だった。古地図を並べられて、ある、と言われても範囲が広すぎる。何を探せばいいのかも分からない。これじゃチキの戯言《ざれごと》と変わらなかった。高津が目をつけている場所は三ヵ所ある。一つは、丸描いてチョンを見つけた天王寺の風俗街、飛谷。二つ目は、ミナミの大火でかろうじて炎から逃れた谷町界隈の生國魂神社以東。つまり、浪華古書会館とムシカが住んでいる六丁目辺りだ。梅田、難波、大阪城を結んだ三角形の中に収まるこのエリアは、昔から小規模ながらも茶屋が点在していた。

――維新前、大坂に在りし下等なる　淫売花盛り南堀江六丁目、ありよし、なきよし、そは谷町六丁目

これって、どどいつやったかなあ、とムシカは記憶を探る。

最後の一つが啓太の店がある淀屋橋周辺だった。淀屋橋はいうまでもなく、浪速商

人の要の地である。

難波や淀屋橋辺りには確かに何かあるだろう。心斎橋、難波、本町、船場、島之内、中之島、淀屋橋。江戸時代中期に闕所《けつしょ》された大商家淀屋にしても、取り上げられた財産の行方はいまだ謎に包まれている。淀屋橋は淀屋が架けた橋だ。大阪の橋の多くは商人の金《かね》の賜物である。高津が言ったように大阪を支配したのは商人だ。淀屋は五代目三郎右衛門が放蕩三昧の挙句、遊女を身請けしようとして商売仇にはめられ、お縄にかけられた。財産は没収され、追放されている。あの莫大な財産はどこへ消えたのだろう。

「〝淀鯉出世滝徳《よどごいしゅっせのたきのぼり》〟ですよね。浄瑠璃の」と理香子が言った。淀屋の闕所を題材にした近松の戯曲がすぐ出てくる辺りが、さすがに演劇関係者だった。

「そやけど、それだけで風俗街いうんは安直すぎませんか？」

「俺はな、風俗街こそ、一番のクセモンやと思うで」と高津は譲らなかった。

窓の外をヘリコプターが飛んでいた。高津はヘリコプターの羽音に気を取られ、窓を見やった。つられてムシカたちも窓に目をやる。いつの間にかすっかり空が曇っていた。

高津は古地図と丸描いてチョンのコピーを封筒に入れて、二人に渡した。「小田島君に渡したってや」とムシカにはもう一通、追加した。チキの分がなかった。

「あいつに地図なんか、いるかいな。直感の生き物やで」

「ないと気い悪うしますよ。もらえるモンはゴミでも欲しい人ですから」

「ほんならゴミを渡しとくがな。とっくに先陣切って走ってもろとるけどな」

「先陣って、ほんならなんで、アジサイフェアの手伝いに声をかけはったんですか」

「組合の借金とお宝は別や。俺ら古本屋は、個人商売でもみんなが繋がって一つの形を作ってんねん。新刊本を扱う本屋にはない形而上的もろさが俺らにはあるからな。組合の金は、あいつ一人のモンやない。ケジメは、ケジメや」

形而上的もろさ。ムシカの脳裏に、借金に苦しむ時恵たちの姿が重なった。彼女たちだけじゃない、もろいという意味では自分だって変わらない。

ドアが軽くノックされ、番頭の深山君が入ってきた。話は一旦中断し、深山君は軽く頭を下げると、高津の耳元でぼそぼそやった。高津の表情が変わった。落胆し、諦めるように頷く。そして、「鬼札やけどな」と言いかけ、ムシカを気にして廊下に出た。

ムシカは「鬼札」が気になった。誰も手が出せない高額入札を、鬼札という。めったに誰も切らないその鬼札を、アジサイフェアの本入札で高津書店が入れたのだ。

会議室に戻ってくると高津は、仕事を理由に宝探しの話をひとまず措いた。いつの間にか六時を過ぎていた。曇り空が少し早い夕闇を導き始めている。高津は、夜に飲み直そうと提案し「お宝探検隊、ここに結成！」と一人張り切って拳を挙げた。八時に江坂駅前のバーにもう一度集まることになり、一旦この場を解散させた。

高津の店を出るとムシカは、どうしてチキや高津を訪ねたのかと理香子に聞いた。

「たまたま時間が空いたから」と答える理香子は、今は時間がないとばかりに腕時計を覗いている。チキは劇場を借りたわけではなかった。貸してほしいと理香子に電話をかけてきたようだが、貸せなかったと彼女は言った。会社が、大阪に所有する小劇場の処分を決めたらしい。興行成績が悪い上に老朽化が進み、やたらと維持費がかかるというのが処分の理由だった。

「跡地にはラブホテルが建つんだって。風俗街にあるから」

「十三《じゅうそう》、堂山、九条、飛谷か。チキさんが借りたんも堂山の風俗街やったしね」

「業《ごう》がお金を生み出すのよ。風俗街に不景気なんかないんじゃない？」

理香子の言い方には棘があった。女としての本能的な嫌悪感なのか、啓太のことが絡んでいるからなのかは分かりにくかった。啓太には会ったのかと聞くと、「どうして？」と理香子は表情も変えずに聞き返してくる。答えられないでいると、理香子もそれ以上の追及をやめ、やり残した仕事があるからと、地下鉄の駅へと走っていった。


——なんでや。鬼札を入れたんやろ？　落札してんから、そんでええがな。

——それが、京大の梁瀬先生から頼まれたっていう古本屋が、譲ってくれって泣きつくんです。鬼札の額に色をつけるからって。

——アホなことを。あんなん、ただの復刻版や。出品者かって、分かってて安値で出しとんねん。そう言うたり。同業者に損させるわけにはいかんからな。

——でも、うちの店が鬼札を切ったせいで、どの店も、まさか、っていう目になってますよ。意外と〝化ける〟かもしれません。

——ほんまかいな。おもろいな。キツネでも憑きよったんかな。


父の施設がある港町から淀屋橋の店に戻った啓太は、机の上に鉄製のスプーンもどきと、少女から渡されたメモを並べ、腕組みしていた。そのくせ頭の中はべつのことが占領している。

本当は、大阪市内に戻った足で、高津の店に寄ったのだ。ところが会議室のドア越しに理香子の声が聞こえ、入ることができなかった。来てすぐ帰った啓太を、若い番頭の深山君だけが不思議そうな顔で見送っていた。

プリンのスプーンみたいな鉄細工を摘み、俺らしくない、と啓太は思う。いや、きわめて自分らしい。いつだって、肝心な一歩が踏み出せない。

啓太は軽く頰を叩き、スプーンもどきに思考を集中させようとした。数学の難問を解くように、このへんてこな鉄細工が隠す本来の意味を見つけてゆく。自然と顔つきがかつての秀才の表情に戻ってゆくが、本人には分からない。スプーンもどきは、単純な形だった。しかし完璧なまでに重心がずれない。つまり実用化に秀でた名工の作。そう、この調子だ。

鍵だとしか思えなかった。ただし、和錠の鍵だ。時代は細工が緻密化した江戸中期以降だろう。鍵に錆はなく、金属独特の鈍い艶を放っていた。つまみの部分はかなり短いが、その分、丸みを帯びて曲がり、扱いやすく工夫されている。先端がコンビニのプリンを食べるちっちゃなスプーンみたいに平べったかった。珍しい形状だ。鍵穴は貯金箱の穴のような横長のはずだが、もちろん貯金箱の穴より細くて小さい。

和錠は時代劇に出てくる閂《かんぬき》を通すだけの単純なものから、知恵の輪細工のものや、いくつかの鍵を組み合わせて一つの鍵になる複式錠まであった。複式錠なら厄介だった。本体の鍵を開けるためには、セットにして作られている別の和錠が必要になる。最初の鍵で第一の錠前をカラクリ人形のように形状変化させ、それを今度は第二の鍵にして開けてゆくのだ。複式錠は二セットとは限らない。おまけにこの鍵だけでは錠前の形がまったく想像できなかった。

それにしても何だってこんなものを、あんな子供が。

店のガラス戸がカタンと鳴った。内側からカーテンを閉めているから、外の様子が分からなかった。誰か来たのかもしれなかった。

確かめに行くと、A4サイズの茶封筒が店のガラス戸に立てかけられていた。封筒の裏に、鈴木、とムシカの本名が鉛筆書きされている。啓太が本名でしか呼ばないから、厭味のように鈴木と書いてきたのだ。啓太は外に飛び出した。ムシカはどこにもいなかった。あいつ、来たんだ。

だからといって、その事実が慰めになるとは限らない。いつの頃からかぽっかりあいた心の穴はいつも北風が吹きぬけている。店に戻ると啓太は、封筒を机に放り投げた。パサッと乾いた音がした。心の穴に枯れ葉が吹き込んできたみたいな音だった。

鍵を硫酸紙で包み、少女から渡されたメモのアドレスに「このカギをいつ返せばいいですか？」とメールを送った。直ぐに返信が入った。「ありがとう、掃除屋さん。

やっぱりカギだったんですね。香雨」とニコニコマークで締めくくられている。コウってこんな字を書くのか。やっと啓太は少女が手で作ったキツネに納得がいった。コンコンとキツネは鳴く。元来農耕神だったお稲荷さんは京都に伝わると、「あなた様の文を、コウ（請う）てもコン（来ぬ）わ」と洒落て読まれ、恋の神様として祀られた。

ムシカは、啓太が追いかけてくると期待したが、やっぱりそんなことは起こらなかった。高津との約束の時間よりまだ少し早かったが、江坂のバーに行くと、既に理香子がカウンターで赤いカンパリソーダを飲んでいた。ビジネススーツから白い麻のシャツとジーンズに着替えていた彼女は、ちょっとびっくりした顔をした。やり残した仕事があると言ったくせに、ホテルへ戻ったのだ。

「早かったんやね」

ムシカが横に座ると、「土曜日はみんな劇場に手を取られているから」と理香子は言い訳がましい。ムシカはビールを注文し、運ばれてくると理香子のグラスにカチンと当てた。「時恵さん、何か言ってた？」と理香子は、突き出しのチーズを少し齧る。

「気にせんでも、時さんはチキさんのことを心配してただけや。色々あるからね、あの店は」

「別に私は、気になんか」

理香子はがぶっとカンパリソーダを飲んだ。どこか落ち着かない彼女の様子に、チキの店へ行くことで遠まわしに啓太に関わろうとしたのではないかとムシカは疑った。あるいは、自分にだろうか。どっちにしろ、まどろっこしい。

「なあ、理香」とムシカは理香子に向き直った。憶測を重ねるのは、もううんざりだった。「高津さんのお店って、やっぱりすごいわね」と理香子が話を逸らしてくる。「十四、五世紀の本があんなに沢山。ねえ、知ってた？　古い本って、ミイラの臭いがするのよ」と本を触っていた手の臭いを嗅いだ。「そうじゃなくて」「私ね、思うんだけど、古本屋ってきっと存在そのものが宝箱なのよ」「だから……」「ほら、まだ五百年まえの本の臭いが残ってる」と理香子は掌を向ける。結局ムシカは、聞き出すのを諦めるしかなかった。「仕事、がんばってるんや」と無難な話題に切り替え、「相変わらずよ。そっちこそ」と言われて、「どうだかね」とビールを飲んだ。あってもなくてもいい会話を、ぎこちなく二人は交わす。二十年ぶりに再会した時は長すぎた時間が吸引力となって急速に距離を縮めてくれたが、今はたった二年が埋まらない。

「羨ましい」と理香子はグラスの氷を鳴らした。

「ええ給料をもろてる人が、なにをアホなことを」

「だって、楽しそうじゃない」

「楽しいのと、金がないんは次元がちゃうやろ。一冊一円の本を二百五十円の送料でちまちま稼ぐ商売が羨ましいって、百万人の人が聞いたら、百万人ともびっくりするわ。僕らなんか、その日に売れた本の小銭を握って、混ざり物だらけの焼酎を屋台で飲むねんで。酔っ払って、大声出して、生産性のない討論を真剣にやりあったあげくに、気がついたら冷たいアスファルトの上に大の字になって寝てんねん。ああいう時に浴びる朝日って、なんであんなに虚しいんやろ」

「それがいいんじゃない。永遠に続く学園祭前夜みたいで」

「学園祭前夜は、学園祭がちゃんとあるからこそ、前夜や」

「宝探し、するんでしょう?」

「高津さんが意気込んではるからね。まあ、そういうんが古本屋やし」

「いいなあ、やっぱり」

「あのね、理香もメンバーやねんから」

「加わりたいけど……」

その先が理香子は続かない。何かを我慢するようにカチカチと爪を嚙み、カウンターの古い傷を睨むように見詰めた。東京で何かあったのかもしれなかった。二年前の理香子には、少なくとも爪を嚙むような癖はなかった。

よお！　と馬鹿でかい声を張り上げて高津が入ってきた。約束の八時ちょうどだった。「八時ちょうどのぉ、あずさ二号でぇ」とやっぱり歌っていた。時間に煩い高津らしい登場だった。高津はとっくに一杯やっているカウンターの二人に、「なんや。俺はのけもんか？」と理香子の横に座る。目はざっと店内を見渡して啓太を探し、いないと分かっても表情に出さなかった。

「ほな、お宝探検隊の結成を祝して乾杯」

強引に突き出されたグラスに、ムシカと理香子は苦笑いしながらもグラスを当て合う。そのくせバーでの高津は、お宝の話には触れなかった。むしろわざとのように啓太の話ばかりをし、特に子供の頃のエピソードは理香子を笑わせた。「ほんまやて。俺の店もな、漫画を置いてたことがあってん。いつの正月やったかな。年玉をやったら、その金で漫画を買うてくれてんけど、気い遣うてんのがよう分かったから、こっちもつい仕入れ値で売ってしもたんや。そしたら、どう言うたと思う？　〝読み終わったらどうしたらいいんですか？〟って分厚いメガネを押し上げて聞きよんねん。俺に売りつけるつもりやったんや、ちゃっかりしてるやろ？　年玉をもらうのは気が引けるけど、利益やったら取りまっせ、っちゅうこっちゃ。クソガキの鼻クソのプライドやな」高津は太股に線を引いて半ズボンの丈を示した。小学四年生くらいの頃の話だろうか。チビメガネなら言いそうなセリフだった。おとなしいくせに、時々、とんでもないタイミングで人の欠点を指摘する。本人に悪気はないのだろうが、言われたほうは見下されたようで腹が立った。

高津の話に理香子は無邪気に笑っている。笑うだけで、突っ込むことはしない。高津はそんな理香子に、「ピエロはね、誰にも理解されへんからピエロやねんで」と言った。ムシカはチラッと高津を見た。やっぱり、自分たちのことを知っている？

「あのボケもな、風俗通いしたり、下手な東京弁を使うたりして訳の分からんことをやっとるけど、それなりに苦しんどんねん。二年前に初めて理香ちゃんがうちの店に来て、舞台の小道具に使うから古い洋書を貸して欲しいって頼んだことがあったやろ？　初対面でも、俺は貸したよな。普通は貸さへんねんで。小田島君に頼まれたからや。もし破損したり、売り物にならんようなことがあったら、自分が引き取ると保証までして」

理香子はぴたりと笑うのを止めた。店内は低い音量で古い洋楽が流れている。ローリング・ストーンズが、やってらんねえよ、とノイズだらけのレコードの中で歌っていた。

まだ宵の口とあって、高津たちのほかにはＯＬ風の女の子が座っているだけだった。手持ち無沙汰に彼女はマスターにタロット占いをやってもらっている。左手で取ってください、と言われて恐る恐る手を伸ばした。

「お前もな、意地張ってんと戻ったれ」と高津がムシカに首を伸ばした。

「僕ですか？」ムシカは思わず自分を指す。

「チキのところで手伝いみたいなことをしてたかって、店なんか持てるかい。啓太はな、待っとんねん。戻ってきてくれるんを」

「待つも、何も、僕らは喧嘩したわけやないですよ」

「ほんなら殴り合いの喧嘩をしてこい」

「啓ちゃんなら一人で大丈夫です」

「なんでや」

「僕より頭がええですから」

「お前な、その、やんわりとした厭味な言い方、どないかならんか？　あれがただのアホやちゅうんは、お前がよう分かっとるやろ。ごちゃごちゃぬかさんと戻ったれ。恒さんがおったころみたいに家に居候さしてもろたらええやんか。部屋代が浮くで。

あいつのことや、風俗を我慢してでも給料は払うやろ。見栄っ張りやからな」

「風俗……」と理香子が嚙みしめるように反芻する。まずいと思った高津は、「ウイスキーボンボンはちょっぴり甘くて苦いのよ」と歌うように茶化し、摘みにウイスキーボンボンを注文した。タロット占いの手を止めて「ない」とマスターが冷たくあしらう。「ほな、ボンボンを抜いてんか」と高津書店の元ボンボンはしぶしぶウイスキーに注文を替えた。

高津はグラスの中の氷を口に入れ、「お前ら、よう似てるな」と嚙み砕いた。正反対のようで、根は同じだと。どっちも頑固で、意地っ張りで、素直になれないただのクソガキ。「幼馴染なんやろ?」と今更のように高津は確認する。

唐突に言われて、ムシカはうろたえた。「幼馴染は私たちです」と理香子が助け舟を出した。

「小田島君は違うんか?」

「高三のとき、僕が塾で一緒やっただけですよ。っていっても、特進クラスのエースと僕みたいな味噌っかすとでは、接点なんかないですけどね」

「味噌っかすか。味噌汁にもならんな。東下りより、くだらんな」

「私は子供の頃に四、五年、大阪に住んでただけですから、厳密には東下りじゃないですけど」と理香子が言った。

「中途半端やな、どいつもこいつも。小田島君ってな、ほんまによう勉強してた奴やってん。そやのに今は親父の店を継いで古本屋や。何のために、ガキの頃からあないに勉強ばっかりしとったんか、本人もアホらしいやろな」

「小学生の頃、チビメガネって言われて、いじめられていた男の子がいたんです」と理香子が言った。

「おい、理香」ムシカはびっくりして理香子のシャツを引っ張った。

「ほお、昔々の御伽噺《おとぎばなし》か？」

「おとなしい男の子でした。休み時間も塾の勉強ばっかりしていて、みんなと交じろうとしなくて」

「いじめられてたら交じりようがないわな」

「でも、本当にいじめられていたのかどうか……」

「いじめてるほうには自覚がないねん。いじめてません、って自己弁護するんは大人の世界も一緒やからな」

「確かに塾のドリルを隠されたり、掃除の時にトイレに閉じ込められたりしていました。でもチビメガネは、泣きべそ一つかかないんです。いろんなことを諦めているような目をしていました。堪《こら》えているっていうより、どうぞご自由に、って馬鹿にしてるみたいな感じで。みんな、そんなチビメガネが怖かったんじゃないでしょうか」

「んなもん、相手は集団やぞ。あいつが一番、怖いに決まっとるやろが」

あいつ……？　とムシカは高津の言葉尻を心の中で反芻する。

タロット占いの続きを始めたマスターが、不安そうに結果を待っている女の子に、「相手にその気はないですね」と死神のカードを指した。女の子は瞬きしないでじっとカードを見つめている。彼女は恋をしている。

「前から気になってててんけど、お前ら何かあったんか？」

「ありませんよ！」ムシカと理香子は声を揃えて否定した。高津はクッと噴き出す。

「そやな、何もないな。何もないいうんも、重い荷物やな」と高津はくすくす笑う。

「啓ちゃんは、なんで古本屋になったんですか？」とムシカは聞かずにはいられなかった。ずっと知りたかったシンプルな疑問だった。

「親父が古本屋やからや」

「それだけですか？」

「それだけや」

「他にもっと選択肢があったんやないですか。優秀やのに」

「ない」

あまりにもきっぱりと言い切られ、ムシカはそれ以上、聞けなくなった。理香子はさっきの自分の言葉を後悔するかのようにカチカチと爪を噛んでいる。「なあ、理香ちゃん」と急に高津に話を振られ、理香子は取ってつけたような笑みを向けた。高津もそれを受けて、にっこりする。「チビメガネは小田島君か？」と高津は直球で聞いた。理香子は笑顔を引きつらせる。

「違います」と理香子はきっぱり否定した。

「そやけど、子供の頃から知ってんねやろ？」

「はい」意外にも理香子は素直に頷いた。何を言い出すのだろうと、ムシカは気が気じゃない。

「同じクラスやったんか？」

「はい」

「仲良し三人グループか」

「いいえ」

「俺にはそう見えるけどな」

「違います。大嫌いでした」

理香子はもう、うろたえていなかった。そこには確かな意思が存在した。嫌いだという意思だ。啓太ではなく、自分自身が。理香子はまた、カリカリと爪を噛んだ。

——このカギを、いつ返せばいいですか？　掃除屋。

——もう少し持っていてください。あの女に気づかれたくないの。香雨。

——でも、このままってわけにはいかないでしょう？　掃除屋。

——それ、どうやって使うんですか？　香雨。

ウイスキーとテキーラのちゃんぽんですっかり出来上がってしまった高津を残して、ムシカと理香子はバーを出た。翌朝早いと言う理香子にムシカはタクシーを拾ってやったが、彼女も相当飲んでいて、シートに座ると行き先も言わずに眠ってしまった。仕方なくムシカもいっしょに乗った。梅田へ、と運転手にとりあえず言い、旧淀川分流の中津川を越えた辺りで起こしてやればいいと思った。中津川の河川敷は、お盆の時期になると毎年花火大会が盛大に開催される。二十二年前、クラスの仲間と見上げた花火は怖いくらいに綺麗だった。

ムシカの横で理香子は大口を開けて眠っている。時々カエルみたいなげっぷをし、手がぽりぽりとケツをかいた。小学生の頃のマドンナが今はこのザマだ。どうしてこんな風になってしまったのだろう。必死で無理をしているようにしかムシカには見えない。ケツをかく理香子の手を、ムシカはそっと握った。眠っている理香子は、その手のぬくもりに気づかない。ばれたらきっと振り払われるだろう。男に守られたいなんて、彼女は願ってなんかいないからだ。

タクシーが中津川の鉄橋に差し掛かると、理香子が目を覚ました。パッと手を引っ込めたムシカに、半分寝ぼけている理香子は首をかしげた。彼女は尻をよじって体を起こし、鉄橋を照らすナトリウム灯に、中津川……、と呟く。そしてムシカに向き直ると、「おはよ」と言った。

「え？　ああ、おはよ」

「うん、おはよ」

理香子は大阪駅前のステーションホテルでタクシーを降りた。「奥寺理香子、三十二歳。帰還しましたあ」と大声で敬礼し、千鳥足でロビーへと入ってゆく。彼女は振り返りさえしなかった。どうして理香子は高津にあんなことを言ったのだろう。

ムシカもホテルでタクシーを降り、自転車を置いている難波まで御堂筋を歩いた。酔い覚ましには長すぎる距離だったが、金がないからしょうがなかった。

そう、金がない。いつも普通に金がない。普通すぎて、その現状に麻痺している。深夜の御堂筋はタクシーばかりが光の線を引いて通り過ぎた。人生なんてタクシーに乗ってしまうようなものかもしれなかった。金はかかるが、楽に目的地へたどり着く。ケチって歩くと、あっちこっちへ道草し、そのうちどこへ行こうとしていたのか忘れてしまう。

桃神書房でバイトしたのは偶然ではなかった。せっかく勤めた商社を辞めてヤケになっていた時、桃神書房のガラス戸に「バイト募集」の貼り紙を見つけたのだ。チビメガネの店だった。風邪で休んでいた啓太に、給食のパンを店へ届けに行ったことがあるから覚えていたのだ。おやっさんはすんなり雇ってくれた。息子が家出中だからと、家に居候までさせてくれたのだが、今から思えば、息子がいなくなって淋しかっただけだろう。そして、その息子が連れ戻されたとき、ムシカは緊張を隠して精一杯の愛想で挨拶した。啓太は興味なさそうにムシカの前を素通りした。

垣間見る記憶は、善なのか悪なのか。チビメガネは印象の薄い子供だったが、進学塾のエースの小田島啓太は、周囲を見下すいけ好かない秀才だった。塾の廊下で偶然肩がぶつかったときも、殴りかかりそうな目で睨んできた。あの時、鈴木、と驚いたようにあいつの唇が動かなければ、チビメガネと一致しなかっただろう。冷酷な目をした塾の有名人が、自分なんかを知っているはずがないのだ。

自分はチビメガネに何をしたのだろう。具体的なことはあまり思い出せない。理香子が言ったようないじめは確かにあったと思う。しかしそれほど強い印象が残ってないのは、いじめそのものに興味がなかったからだった。ムシカは忙しい子供だったのだ。放課後は校庭でソフトボールをしなくちゃならなかったし、友達の家へ寄って新作ゲームも試さなければならなかった。宇宙人を信じて夜中に友達と家を抜け出し、親から大目玉を食らったこともある。罰として二週間も漢字の書き取りをやらされ、お蔭でますます勉強が嫌いになった。つるんで遊ぶ友達はいろいろだ。その中に、チビメガネはいただろうか。たぶん、いない。いないと思う。中津川の花火大会の日は、どうだっただろう。あの日はクラスみんなで行くことになっていた。

鈴木君て、変わらないのね、と二年前の理香子が言った。

なんでやねん。変わらん大人なんかおらへんよ。僕は宇宙飛行士になりたかってん。

翌日、ムシカは市に出す本の括りを作るために、チキの店へと自転車を走らせた。時恵一人では心もとなかった。起きてすぐ理香子にメールを送ったが、返信はない。

朝が早いようなことを言っていたからとっくに仕事に出たのだろう。

日曜日にもかかわらず、チキの店がある自動車修理工場は稼動していた。今朝も軽快に電動レンチが卑猥に非常階段を揺さぶっている。

チキチキ文庫は鍵がかかっていた。時恵はまだ出勤していなかった。仕方なくドアにもたれて座っていると、頭に小石が当たり、振り払おうとすると立て続けに飛んできた。ピーナツほどの小石だ。石はいくつかが体に当たり、ほとんどが鉄製の非常階段に当たって跳ねた。階段の下でチキが小石を握ってニタニタしていた。ムシカは転がる勢いで階段を駆け下りた。

「え？　理香ちゃん、大阪に来てんの？」

「劇場は諦めろよ。って、なんで朝っぱらからビールやねんな」

薄暗い路地裏の食堂で、卵かけご飯と味噌汁をかっ喰らいながらビールを飲むチキに、ムシカは怒る気も失せてくる。高津の話にいつからいっちょ嚙みしてるのかと聞くと、醬油が足らんな、とチキは黄色い卵かけご飯が茶色く染まるまで醬油をぶっかけた。

「無理難題、押し付けはるわ。でも、面白いで」

どんぶりに口をつけてざざっとチキはご飯をかき込む。頰にご飯粒がいくつもくっつき、その顔でにっと笑うと欠けた前歯がむき出しになった。ムシカはしげしげとチキを眺めた。貧乏神って絶対にこういう顔をしてるんや、とつくづく思う。高津の欲しい情報を摑んでくるとは思えなかったが、ひとつの種でフラクタルに思考を広げて嘘をでっち上げるのは、チキ特有の才能だった。「なに笑《わろ》てんねんな」とチキは、理由も分からずに釣られて笑う。さっきまでドヤ街の泥棒市に行っていたのだと、尻を浮かして、得意そうに汚いジャージのポケットに手を突っ込んだ。へへへ、ともったいぶって開いた拳から、ぶっとい猫グソみたいな固まりがゴトンと落ちた。きちゃない紐がついた金属製の根付だ。彫りがあるが、垢が詰まってせっかくの線を消している。触ると病気になりそうなほどベタベタしていた。

「銅吹き職人の傑作やな。十円やってん。拾いもんやろ？」

「銅やのうて、鉄や、重いから。垢と錆まみれやんか。昔のキャラメルのおまけちゃうん？」ムシカは犬のような形をした根付の紐をつまみ、テーブルに戻した。

「お前って、ほんまに夢がないなあ。おまけでもええやん。っていうか、なんで、いちいちケチをつけんねん」

　チキは根付を取り上げ、すねた子供のように口を尖らせる。時恵に見せられた地図のことをムシカが問いただすと、「さすが時ちゃん。目ざとい」と感心した。

「わざと座布団の中に隠したんか？」

「隠してるのを見つけたほうが、わくわくするやろ？　些細な俺のサービスや。見つけたんやったら、答えもすぐ出るな」とチキはケケケと笑う。

「答えなんか、ないくせに」

「決め付けてると、損すんで」

「どうでもええから家へ帰れ。こんなことをしてても一銭にもならんやろ」

ムシカは、給食費すら払えずに久美子さんが困っていると話した。さすがのチキも首をすくめ、壁に貼り付けられている油で汚れた短冊のメニューを指して、「値段、上がったんちゃう？」と話題を逸らした。「なんやて」と店のオヤジが厨房からぬっと顔を出した。「すんません、こいつ、頭がおかしいんです」とムシカは慌てて謝った。

「ほんまに値段が上がったやんけ」

「黙って食え。どうせ金なんか持ってへんくせに」

「奢ってくれんの？　そう言うと思ったわ、ムシちゃん」

やられた、とムシカは舌打ちする。ビールを追加してうまそうに喉に流すチキに、自分も腰を据えて店を持つと、一円の出費さえケチって、こんなふうになるのだろうかと疑った。

「奢ったるから、借金のことを正直に全部話してみ」とムシカは小声になる。

「ええやん、どうでも」とチキは鼻クソをほじった。

「チキさんは逃げてるからええやろうけど、久美さんや時さんは、そうはいかへんねんで」

「時ちゃんが気になるん？」

「何でそっちへ話が行くねんな」

「そやな。想い人はここにあらず。時ちゃんもかわいそうに。まあ見ててみ。一発当ててチャラにしたるわ。宝探しは徳あり、こぼれもんあり。冒険の王道やね」

「高津さんからの宝探しミッションを、真面目にこなしてるんやな。で？　何を掘り当ててん」

「アホか。大阪のど真ん中で地面なんか掘ってみ、サツにパクられるわ」チキは爪楊枝で隙間だらけの歯をほじる。

「ほんなら何をしてんねん」

「色々かな。要は、青臭さもお宝やっちゅうこっちゃね。これができんのも古本屋ならではや。人生、勝ったようなもんやんけ」

「勝つ前に、死んでまうわ」

「夢を忘れたら、それこそ屍」

「はよ死ね」

「分かってないなあ。夢は愛、愛こそ心の宝。人間っちゅうんは、愛と夢の調和やねんで」

「愛？　どの口が言うねん」

「ええから、聞きいや。つまりはな、南部やねん」ふっとチキが勝負師の目をした。こういう目のときは、本当に掘り出しモンを見つけてくる。

「団栗楼か？」半信半疑にムシカは聞いた。

「なかなか、やるやん」

「何を企んでんねん」

「ちょっと見とき」

　チキはいきなり椅子から立ち上がった。静かに肩で大きく息を吸い込み、体を床と垂直にしてすっと顎を引く。パフォーマンスだ。これがこの男の原点なのだ。若い頃はそれこそヨーロッパを巡業し、歴史を刻む古い石畳で演じては、言葉を超えた感動を人々に与えた。だからこそ古本屋になったのだとチキは言う。どういう古本をどう扱うかが、形を変えたパフォーマンスだと。屁理屈ばかりとは言い切れない。

背中を向けたチキの体からは、みるみるうちに力が解放されていった。筋肉が形を失い、身体という着ぐるみを脱いだ魂が陽炎のようにゆらっと動く。チキはゆっくりと歩きだした。そこには個人としてのチキはいない。歩いているのは、ただの「人」だ。チキは特別なことは何もしなかった。にもかかわらず、背中からは悲哀、苦しみ、つかの間の喜び、切なさや苦悩までもが陽炎のように揺らめいてくる。ただ歩いているだけだからこそ、人生なのだといわんばかりに。

「どや？」

にっと笑って振り返ったチキは、ただの貧乏神に戻っていた。「ほんまは裸の方がええねんけどなあ」と残念そうによれよれのパーカーを摘む。指の臭いを嗅いで、「臭っ」と顔を背けた。「舞台でやりたいなあ」と両手を頭の後ろに置いてのけぞる。

「なんで借金なんか、してん」

「金がないからや」

「何に遣うたんやって、聞いてんねん」

「まあね。準備にはいろいろね」

「何の準備やねんな」

「煩いな、小姑みたいに。お宝を前にしょうもない金をケチってどないすんねん。チャンスは、一瞬。みみっちいこと言うてたらツキがキツツキになって飛んでいくで」

いつの間に注文したのか、店のオヤジがラップに包んだおにぎりを持ってきた。受け取るとチキは、「ほな、ごちそうさん」とぺこりと頭を下げ、しゃあしゃあと店を出て行った。まんまと話をはぐらかされていた。ムシカは追いかけようとしたが、立ち上がった拍子にコロンと根付が床に落ちた。チキがドヤ街で買ってきた十円のゴミだ。瑪瑙《めのう》や水晶ならまだしも、へたな鉄細工のへんてこな犬。いや、猫だろうか。タヌキかもしれない。何だろう。

捨てるわけにもいかないから、食器を片付けに来たオヤジに台拭きを借りて汚れを拭った。白い台拭きがすぐに鉄錆で赤く染まり、手も鉄臭くなった。ムシカは意地になって磨いた。彫りに詰まっている垢を爪楊枝でこそげ、全体にベタつきがなくなるとTシャツの裾で乾拭きした。驚いたことに、犬もどきの鉄の固まりは鈍い光沢が甦り、背中が緩やかな線を描くキツネになった。お稲荷さんのキツネだ。しかも富をもたらすように尾が丸みを帯びて膨らんでいる。揃えた前足から脇にかけて細い横穴が空いていた。ためしに一円玉を差し込んだが、入らなかった。爪楊枝でさえ太すぎる。奇妙な形の根付だった。

月曜日は、大阪古本屋恒例の古書市だった。浪華古書会館で行われ、アジサイフェアのような大入札会の派手さはないが、組合員たちがそれぞれ作っているグループごとに主催され、毎週開かれていた。第一月曜日が老舗のボンたちが組んでいるジュニア会だ。第二月曜日がサブカル系を自負する若い連中の一番星クラブ、第三月曜日は高額書籍を扱う鳳凰界、第四月曜日には昔ながらの古本屋とサブカル系が組んで市を出し、それぞれ順番が決まっていた。月曜日以外でも主催グループが申請すれば、曜日に関係なく市が開催される。組合員たちはいくつか掛け持ちして、店売りよりも市の儲けに力を注いだ。手っ取り早く稼げるからだ。浪華古書会館は、いうなれば古本の中央卸売市場みたいなものだろう。そして、その会館を提供しているのが組合である。出品者と参加者はそれぞれ参加費を払い、売り上げの一割を組合に渡す。こうやって集まるお金が、仕入れの支払いができない古本屋たちに低利子で貸し出されるのだ。ぎりぎりのところでやっていけるのも、このお金のおかげだった。誰かが踏み倒すと、みんなが困る。チキはその常習犯だった。

この日はチキやムシカたちが所属する一番星クラブ主催の市だった。サブカル系の市には、古本に限らず漫画やレコード、使用済みの切手から古いポスターまで、何でも出てくる。最低落札価格はどの市よりも低く、啓太や高津のような鳳凰界の店主が仕入れる本はほとんどなかった。それでも高津たちは、高額書籍を奉仕価格で提供し、みんなが集えるように市を盛り上げる。

大阪古本屋たちはこうして毎週月曜日に、同業者が顔をそろえるのである。市が終われば決まって飲み会になり、それを楽しみにしている者も多かった。羽目を外して飲みまくっても、かみさんに言い訳が立つからだ。顔を合わせることで、どんな客が何を探しているかとか、どういった奴がよその店で安く買って高く売りつけるセドリをするかなど、情報交換も可能になった。

今日はチキが準備当番のはずだった。もちろん来ているわけがない。店を持つとすれば一番星クラブにもっとも面倒をかけるから、当番でなくても必ずムシカは手伝っていた。チキがサボると代役と勘違いされるから、嫌だった。

ムシカはブレーキをきしませて、浪華古書会館の前に自転車を停めた。まだ九時半になったばかりだった。なのに裏の搬入口から、シャッターを上げる音が聞こえてくる。一階ロビーの入り口が開いていた。組合事務所の職員が開けてくれたのかもしれないが、搬入口のシャッターまで上げてくれたことは一度もなかった。

一番乗りだと思っていただけに、ムシカは誰だろうと裏に回った。よっぽどのことがない限り、みんな十時にならないとやって来ない。

驚いたことに、まともに当番をこなしたことがない啓太が、首からタオルをかけて搬入口の前を片付けていた。「おはよ」とムシカが声をかけると、啓太は出しっぱなしにされているホースを壁際に寄せ、「そっちの箱を開けてくれませんか」と目も合わせずに搬入口に積み上げられている段ボール箱を爪先で指した。昨日までに届いた本だ。これからどんどんと宅配業者のトラックが到着する。

啓太は片っ端から段ボール箱を開け、店ごとに本の括りがばらばらにならないように区別していった。こうしておけばワゴンに積むとき、店ごとの塊で二階の会場に運ぶことができるだろう。出品者リストとの照合も容易になり、作業が格段にスムーズになる。ムシカも最初は、何度もこの方法でやろうとした。しかしみんなが慣れているやり方というのは、そう簡単に変えられるものではなかった。入札は十一時半から始まる。二階で置き入札の形がとられ、一時半に開札だった。つまり十時からのたった一時間半で全ての本を二階の会場に運び、棚に並べて置き入札の形を整えなければならないのだが、決まってエレベーターの前で本があふれ、ぐちゃぐちゃになった。いくらきちんと揃えていても、みんな手当たり次第にワゴンに詰め込み、隙間があると別の本を捻じ込んでとにかく二階へ運んでしまう。エレベーターが開いて二階に届いたときには、どの本がどの店の出品物なのかわからなくなっていて、その状態でリストとの照合が始まるから、見つけるのはまさに神経衰弱のあてずっぽだった。見つけると、今度はそれを置く棚を探して走りまわる。棚は左端から漫画、古レコード、文芸、紀行文、専門書と、一応、場所が定められている。通りに面した窓際が高額書籍専用棚だが、特別扱いのここを除き、最初の取り決めは無視された。隙間があると我先にとみんなが並べてゆく。文字通りごちゃ混ぜの戦争状態で、それでも十一時半にはみごとに整うから、達成感さえ生まれた。カオスとは、法則性を持つ混沌なのだと証明しているような一時間半だった。

搬入口に宅配便の軽トラックが到着すると、啓太は急いで駆け寄った。今日の啓太は、やけに張り切っていた。「おはようございます」と大きな声で運転手に挨拶し、荷物を降ろすのを手伝いながら、手際よく受け取り伝票にサインしている。トラックの誘導も慣れたもので、普段は渋滞する搬入口がスムーズだった。本当にいつもサボっている奴なのだろうかと疑うほどだった。

啓太はてきぱきと段ボール箱を裏口の隅に積み上げてゆく。十時を過ぎてやっとやってきた当番の連中が、だるそうに本の括りを持ち上げると、「勝手にワゴンに詰め込まないでください」とキツい口調で注意した。「どうしてん、あれ」とそれぞれが啓太を横目に、顔を見合わせる。ロビーの自動販売機で飲み物を買おうとしている奴がいると、「そこ、どいてください」と啓太はわざと段ボール箱を担いでそいつの前を通った。チッと誰かが舌打ちする。まずい、とムシカは思った。遅れてやってきた古書黄鳥《こうちょう》の滝本さんが搬入口の横に自転車を停めると、啓太は目ざとく飛び出していって、「状況を把握できませんか」と駐輪場への移動を命じた。若手といっても滝本さんは店を出す前に老舗で何年も修業しているベテランだ。後輩の面倒見もよく、誰からも厚い信頼を得ていた。その滝本さんが注意された腹いせのように、「小田島さん、風俗で骨抜きにされてシャブでも打ったんですかね」と周囲に聞こえる声で言った。彼らしくないその一言で、みんな、あるある、と頷いている。嫌な雰囲気が広がり、結束の意思さえ生まれていた。ムシカが恐れていた状況だ。天満橋に店を出したばかりのデブチン君だけが、区分けして積み上げられている本の意味を理解し、規則性を崩さずにワゴンに載せていた。それを滝本さんが「手伝うよ」といつもの調子で無造作に積み込み、デブチン君を戸惑わせた。滝本さんの代わりに、デブチン君が啓太に怒鳴られてしまった。

啓太のやっていることは何も間違っていない。むしろ的を射ている。しかし正しければいいというものでもなかった。ここは一流企業のオフィスではないのだ。「もうかりまっか?」「ぼちぼちでんな」が挨拶代わりになる大阪の古本屋たちに、システマチックな作業がベストとは限らない。「なんやねんな、えらそうに」とあからさまな不満があっちこっちから上がった。「誰や、こんなとこに本を山積みにした奴は。おい、ワゴン、持ってきてくれ。そっちの隙間に、こっちの括りを入れたらここが片付くやろ」と啓太が揃えたワゴンの順番をあっさり崩した。既に二階はすさまじい状態になっている。いつも通りエレベーターの前にはワゴンから降ろされた本が足の踏み場をなくし、それでもどんどんとエレベーターは本を吐き出してくるから、ごちゃごちゃはフラクタルに成長した。もちろんカオスの形成だ。桐宮書院の宮君が出品者リストを読み上げ始めると、蜜にたかる蟻のようにそれぞれがごちゃごちゃに飛びつき、括りを探した。二階に駆け上がってきた啓太は目の前のひどい状態に啞然とし、バカを蔑む目つきで周囲を睨んだ。しかし怒鳴りつけはしなかった。「カエル書房、文書・記録史料12-1」とリストを読み上げる宮君の声に素早く反応し、瞬時に括りを見つけて、「あり」と横に寄せる。同列の「12-2」や「12-3」はとんでもない場所に隠れていたが、ひと目でカオス全体を脳に把握して、すぐに見つけて処理した。

みんなは知らずと一歩後ろに下がっていた。遠巻きに啓太を眺め、読み上げられるリストから啓太が括りを見つけても、誰もそれを棚に並べようとしなかった。驚きと不快感がそれぞれの動きを縛っていたのだ。見かねてムシカが手伝おうとすると、滝本さんが、「来月の四天王寺に出す露店市のことやけどね」と引きとめた。はっとしたように啓太が顔を上げた。その目がムシカと合った。ムシカはつい、視線を逸らしてしまった。

似たような空気をようやくムシカは思い出していたのである。小学生の時、グループ研究で大阪の歴史を発表することになったのだが、いつも教室の隅で塾のドリルばかりやっていたチビメガネが、急に采配を振るって的確にデータを処理していった。みんなはただじっと啓太を見ていた。あっけにとられていたというより、馬鹿にされているようで不愉快だったのだ。もちろんチビメガネに悪気はない。得意分野だったから、張り切ってしまっただけだろう。同じ班に委員長の理香子もいた。夢中になっているチビメガネは、気を遣って手伝おうとする理香子に、「漢字が間違っています」とみんなの前で恥をかかせた。歴史研究の模造紙は、あっという間に完成した。誰もがものすごく嫌な気分になった。

啓太は作業の手を止めて立ち上がった。遠巻きに自分を見ている連中にやっと気づき、「搬入口の様子を見てきます」と非常階段を降りていった。ざわっと空気が揺れる。若手リーダーの宮君が憐れむような視線を投げたが、呼び止めはしなかった。「蟻サン文庫、近代文献3-1から3-3、諸芸・風俗括り1」と宮君はリストの続きを読み上げてゆく。「どっかで見たわ」とすぐに声が上がり、いつもの状態が戻ってきた。

十一時半になると、中年や年寄りの古本屋たちがぞろぞろと会場に上がってきた。一際大きな声で、「ほんまでっか。景気よろしいなあ」と喋っているのは高津だ。古本屋たちでごった返す会場でムシカが軽く会釈すると、よう、と高津も手を上げた。入札が始まっていた。しかし啓太は会場に戻ってこなかった。

啓太は入り口の階段に座って缶コーヒーを飲んでいた。入札が始まったとムシカが声をかけると、振り向きもしないで「そうですか」と言った。

「どうしたん。絶好調やったやん。何かええことでもあったんか?」ムシカも自動販売機で缶コーヒーを買い、啓太の横に腰を下ろす。「別に」とそっけない啓太にムシカは、目を逸らした自分を責めずにはいられなかった。それでもやっぱり、ごめん、とは言えない。代わりに、「封筒、見てくれたか?」と、土曜日に届けた古地図のことを聞いた。

「ああ、あれ」

「また宝探しやて。お宝探検隊って、高津さんらしいやろ？　啓ちゃんは風俗街担当や。僕と理香は谷町六丁目の空堀周辺。まあ、この辺りかな。チキさんは手広く一手に引き受けてるみたいやけど」

「理香？」

「出張で大阪に来てんねん。梅田のステーションホテルに泊まってるわ。いつまでこっちにおるんかは知らんけどね」

ふうん、と啓太は興味なさそうだった。理香子と聞いても驚いた様子はなく、

「知ってたんか？」とムシカが聞くと、何も答えずに缶コーヒーを飲み干した。

灰色のにぶい梅雨空が薄い陽光を注いでいた。午後にはまた雨が降るだろう。

「なあ、啓ちゃん。理香のことやねんけど」とムシカは迷いながらも切り出した。

「入札が始まってんねやろ？　知らんぞ、掘り出しモンを取り逃がしても」と啓太は珍しく大阪弁を使った。ムシカは煮え切らない思いで会場に戻った。

啓太が言った掘り出し物の意味はすぐに分かった。リストとの照合の時に、どうして聞き逃したのだろう。鳳凰界が出品する窓際の棚に、桃神書房の蔵書がびっくりする数で並んでいる。明治から大正にかけての文豪たちの初版本だ。

ムシカはその一冊を手に取った。最低入札価格の低いこんな市に出す本ではない。

「京橋の種さんとこな、神戸から来たセドリにガッツリやられたらしいで」「それはそうと買得堂のボン、独立させてもらうんやて。よかったなあ」と噂話を交わしながら、それぞれこっそり入札してゆく。その様子はいつもと変わらないが、みんなはやっぱり桃神書房の本を気にしていた。入札額は上限、下限、その中間、と三段階に分かれている。競りあったときは上限価格での勝負だが、最低入札価格が低い一番星クラブ主催の市では、誰もが十円単位の数字にまで拘った。

ムシカはチキチキ文庫の名前で啓太の店からの出品物に入札した。本来ならかなりの値がつく本ばかりだから、どの程度の入札価格で勝負すればいいのか判断が難しかった。一か八かだった。落札できれば儲けモンだ。仕入れ金は組合に借りるしかない。チキの借金は増えるが、一冊でも売れれば元が取れるだろう。自分の名前で落札するかどうかをムシカは迷った。自分もヤマ師の端くれだ。なにもチキに全部、譲る義理はない。

午後になり、ムシカは初めて開札の緊張感を味わった。市では何度も仕入れや出品を繰り返してきたが、こんなにドキドキしたのは初めてだった。啓太が出した本を、どうしても落札したかった。どういうつもりであいつが出してきたのか気にならないわけではない。しかし手に入れたいというシンプルな欲が、古本屋としての感情をかきたてた。入札者は間違いなく他にもいるだろう。本来なら最低入札価格が五十万円以上ついてもおかしくない本ばかりだ。それをこの市の価格からスタートさせているのだから、つり上がったところで本来の取引額には至らない。もちろん、賭けだ。入札額を安く書きすぎたかもしれないし、高すぎたかもしれなかった。周囲もそういう顔つきをしている。出品者には最低落札価格を指定するトメ札を入れる権利がある。入札価格が〝トメ〟より低いと落札できない。固く握るムシカの手が汗ばんだ。啓太は会場の隅で、興味なさそうに壁にもたれて立っていた。

ところが啓太はいっさいトメ札を入れてなかった。ムシカも四点入札し、どうにか二点を落札した。格安だった。それ以外の桃神書房からの出品物は、全て高津が落札した。高津はムシカの入札額と違い、相場よりやや高めで落としていた。落札しても高津は嬉しそうではなかった。

啓太は自分の出品物の完売を確認すると、開札の最中にもかかわらず会場を出て行った。高津は一切啓太のほうを見なかった。

置き入札の開札が終わり、会計を済ませていると、高津がムシカを呼んだ。啓太のことだろうと思っていると、「ちょっと来てくれ」と一階へ引っ張られた。「どう思う？」と高津はやっかいそうに通りに向かって親指を向ける。ガラス戸の向こうに、チキの妻の久美子が立っていた。久美子は二人に向かってバカ丁寧なお辞儀をした。

喫茶店に入り、ゴクリと久美子は運ばれてきた水を飲む。正面に高津とムシカが座り、二人とも久美子に目いっぱいの愛嬌を振り撒いていたが、テーブルの下では足を蹴りあっていた。ひらひらのエプロンをつけたおばちゃんがトイレから出てくると、高津は生ビールを三つ注文する。とんでもない、と遠慮する久美子に、「市が終わったらビールで乾杯。それが流れですねん」ともっともらしく言い、「ささ、ぐぐっと」と機嫌をとるように煽った。久美子は毒でも飲むように目を瞑ってグビグビ飲む。大丈夫か？　と高津はムシカを見た。苦々しくムシカは頷く。大丈夫も何も、久美子は底抜けに酒が強い。久美子は、ふう、と唇についた泡を指で拭い、「もう一杯」と遠慮がちに空のジョッキをカウンターへ向けた。呆気に取られていた高津が、あっはっは、と豪快に笑う。

「なあ久美さん。ああ見えてチキは、やるときはやりますよ。ねちっと粘り強い男やんか」高津はどうにか仕切りなおして、ねちっと、に力をこめた。

「高津さんからの極秘のミッションって聞いてますけど、ほんまですか？」ヒックと久美子はしゃっくりし、慌てて口を押さえる。

「極秘？　えらいまた大層な。普通の話をしてただけですがな。大阪っちゅうとこは昔っから文化の栄えた町でしょ？　西鶴や近松、もっと歴史をさかのぼったら京都に勝るともおとらんもんが集まっとったはずですねん。そやのに何も出てきいひん。そんなアホなことがありまっかいな。眠ってまんねん、人目につかんところで。眠ってんのやったら起こしてあげなあかんでしょ。目覚まし時計がいるなあ、って言うただけです。けしかけたんとちゃいまっせ」

「十分、けしかけてはるやないの」と久美子は顔を背けてぼそっと呟く。「え？」と高津に聞き返されると、すぐに笑みを作って、「夢みたいなお話ですねえ、眠ってるから」とやんわりとやり返した。

「そやけどね、高津さん。あたしらの店は古典籍みたいな高価なもん、手が出ませんねん」

「市に出てくる鑑定済みのモンばっかりに頼ってたら、うちの店かって破産するがな。自分らで探しますねん。元手はタダ。出てきたら儲けもん。悪い話やないでしょ？」

「この大阪で、ですか」

「大阪は不思議な町です。どんな文化でも取り入れて独特の美的センスを磨いとる。

通天閣がそうですがな。パリの凱旋門をもじった土台の上にエッフェル塔もどきを建てとるけど、派手好きのアホとちゃいまっせ。洒落が効いてまんねん。足元には赤線もどきの風俗街とドヤ街をはべらしとるし、気が咎めんのか仰山の寺で囲んで邪気を祓っとるところがかわいいがな。道頓堀に並ぶ看板を、あんた、どない思います？ 何十年経っても、びっくりするほど斬新やろ？ 澄ましとる東京人にあのセンスは真似できひん。看板いうたら商売のもんや。銭が絡むと大阪人は、とんでもない力を出しますねん」

はあ、と久美子は中途半端な返事をする。「あのね、久美さん。何で大阪が銭の力で美しい文化を紡ぎだすか、知ってますか？」と高津は続ける。「飲み込んでまんねん、核になるお宝を。その輝きがじわあっと滲み出てきよるから大阪が光るんですがな。こんなすごい町やねんから、掘り起こしたら必ずなんか出てきよるがな」

「高層ビルばっかりやのに、掘り起こす、掘り起こす、言わはってもなあ」

「掘り起こす、いうんはメタボですよ」

「メタファーです」とムシカが小声で訂正する。久美子は聞こえない振りをした。高津は決まり悪そうに咳払いし、「肝心なんは、我々が浪速の商人っちゅうことでっしゃろが」とテーブルを叩いた。

「あたしは兵庫の篠山《ささやま》出身ですけど」

「いや、そういうことやのうて……」

「うちの人かって、生まれたんは滋賀県やし」

「ええがな、どうでも。掘り起こされて新しい建てもんが建っとるけど、それがクセモンやって言うてんねん」

大阪の中心街にバクテリアみたいにはびこる風俗街のことだ。密集するラブホテルのほとんどが、昔の小さい寺や神社をぶっこわした跡地なのである。そういうところに、どえらいモンが眠っているのだと高津は言う。

「大阪っちゅうとこは、世界で最初の先物取引を実施した町やねん。銭は十分すぎるほど貯めこんどるわ。淀屋橋にあるやろ？　米会所跡が。日本中の年貢が全部大阪に集まってきよるから、米切手ちゅう証文を切って収穫前からさばいとってんがな。ちょんまげ結うとるちっこい東洋人がやっとったんやで、アダム・スミスかって天国で腰抜かしとるわ。ヘソや、ヘソ。世界経済のヘソ。ヘソには理屈抜きの特殊な磁場があんねん」

大阪は世界のヘソ、というのは啓太の父恒夫の口癖だった。恒夫は、夏は夜店の屋台で古本を売り、冬は風呂屋の前に茣蓙を敷いてエロ本を売りながら少しずつ商売を大きくしていった男だった。莫蓙を敷いての商売から財を築いたのは、並の努力ではない。だからこそ、店をわざわざ堂島川をのぞむ中之島の淀屋橋に定めたのだ。世界初の先物取引を実施した米会所跡を心の糧にして。

「大阪は、とにかくおもろいねん。おもろなかったら大阪やない」

そして高津は心の中でもう一度、おもろなかったら意味がない、と繰り返した。それは高津の信念でもあった。もっとも、この境地に至るまでには、数々の失敗を重ねている。祖父から父へと受け継がれてきた老舗を守るために、ない知恵を絞ってあれこれと試し、ここぞというときに迷いが出てツキを逃がした。バブル景気に煽られて海外に出店したこともある。しかし大失敗だった。現地スタッフに店の権利書も売り上げ金も、根こそぎ持っていかれて借金だけが残り、破産寸前まで追い込まれたのである。あのときばかりは、絶望で目の前が真っ暗になった。冷え切った深夜の倉庫で、かじかむ手に息を吹きかけながら、首吊りの縄まで用意したこともある。だからこそ、気づいたのだ。冷え切ってたら首も吊られへん。冷たい闇ならストーブを焚いたらええねん。開き直りというストーブだ。古本屋連中を誘って桜の下で宴会をやらかしたのは、ヤケクソだった。ヤケクソには違いないが、歌って、踊って、裸踊りまでやらかせば、天の岩戸も開いて光が射す。

ヨイ。

——大阪人、オチが着いてケツが落ち着く。踏んだクソは幸運のうん○、ホレ、ヨイ
おもろいことを考えてたら、常識の枠から思考が飛び出る。飛び出て初めて富を得る。びびって、怯《おび》えて、どうしようもなくなったとき、開き直って出る力もあった。店なんか潰してもええ。潰れたら潰れたで、違う人生があるからおもろいやん。この構えが大失敗を機に高津の心にしっかりと根を下ろした。だからなんとか〝びびらんと〟今日の高津がある。

久美子は分かったような分からないような、中途半端な顔をしていた。漠然とした話は御伽噺のようで、これも高津のしゃれっ気かと疑い、そのくせ本気に見える眼差しに釣られて頷きさえした。高津には強い運のようなものがあると常々久美子は感じている。だから頼りもするが、引っ張られると危険にも思うのだった。特に夫のチキのような男には毒だろう。現にすっかりのぼせ上がって、借金までこさえている。

「うちの人なんか、役に立たへんと思いますよ」

「そんなこと、あるかい。あいつの鼻は犬並みや」

「見つけても、独り占めするかもしれませんし」

「ええやん、そんでも。期待通りにされて何がおもろいねん」

裏切るからこそチキなのだと高津は言い切った。欲しいモンの前では見境がなくなるあの性格は並ではないのだと。

「二十年前やったかな、桃神の恒さんが番頭にしよう思て仕込んでたのに、学生時代からの訳の分からんパフォーマンスいうんをこっそりやりくさって、ヨーロッパまで行きよったことがあったやろ？」

「はあ」と久美子は頷く。それを確かめて高津は、将来の保障もなしに情熱とクソ度胸だけでやってのけるチキはすごいのだと力説した。

「俺な、こいつ、ただモンやない、って思ってん。そやのに半年もたたんうちに戻ってきて、恒さんに土下座して、もう一度働かしてくれって頼むねんから、がっかりしたわ。ただモン、やってん。ちゃうがな、あいつのすごいところは、プライドもなく平気で信念を捨てるとこや。普通の人にはできひん、恥ずかしいて。あれは才能やな。天才的なアホやで」

「褒めてくれたはるんですよね……」

「まあ、見ててみ。ドブ鼠が何を引いてきよるか」

芝居じみた高津の青臭さは圧巻だった。さすがの久美子も反論できずに、三杯目のビールを注文している。運ばれてきたビールをぐびっと飲み、「団栗楼って、聞いたことありますか？」といきなり切り出した。

「ドングリロウ？　風俗の茶屋か？」

「桃神のおやっさんが入居してはる施設がある町の、古本屋です」とムシカは説明を補足した。そもそもそれが時恵に啓太を疑わせている原因だった。「おやっさんって、啓太の親父か？」と聞かれ、そうだとムシカは頷く。「でも、浪華古書組合には加盟してない店です。今どきは、ネットで古本を売ったら古本屋ですから」

「古物商許可証もない、組合にもはいらん、店舗もない、そういう幽霊古本屋がうじゃうじゃおるからな」

「店主の立川いう人は、七十前後やって、あたしは聞いてますよ」

「聞いたって、誰から」

「うちの人から」

「情報源はチキかいな。まあ、ええわ。何十年も前からある店やったら、市に顔を出さんはずがないやろ。セドリやっとったら、すぐ噂になる」

「こそこそしはるんは、なんか隠してはるからです」

「隠すって、何を」

「あたしなんかより、高津さんのほうがよう知ってはるんとちゃいますの？」

「じれったいな、知るかいな。まあな、何々堂ならまだしも、何々楼いうんは、古本屋につけへんわな」

「気になるんは、お店の名前だけですか」

「料亭とか、旅館とかならあるけど、古本屋に楼は聞かんやろ？　まあな、みんなけったいな名前をつけたがるから、一概には言えんけどな。お前の屋号も、スペイン語でゴキブリっちゅう意味やろ？」と高津がムシカを見た。「音楽です」とムシカがむっとする。「音楽って、なんやねん、それ。ムシカっちゅうから、虫か、と思とったがな」そして高津はしばらく考え、「ほんまに古本屋か？」と聞き直した。そうだ、と久美子は強く頷く。


盗品を横流ししているのではないか、とムシカは言いにくいながらも口にした。闇競売をやる店という意味だ。安土桃山以前の経文や古文書なら下手をすれば億近い値がつく。そういった和本は江戸時代から続く老舗古本屋が主流に扱い、流通ルートもひどく閉鎖的だった。しかし古本屋業界も変わりつつある。古典籍の世界ですら、和モノより中国モノが人気を呼んでいた。中国モノも文革でほとんどが焼かれてしまっているから、必然として高値になるのだ。特に宋時代のモノとなると、ブルジョワ化した中国人たちが札束を積んで買いにきた。今や古典籍の大切なお客様は、金持ちの中国人なのである。

「密売ルートか？」と高津が嫌そうな顔をした。

「団栗楼があるのは、瀬戸内海に面した地域です。鎖国の時代から密輸船が横行していました」とムシカが言った。

「桃神書房のボンは、なんであないに遠い町の介護施設にお父さんを入れはったんやろ。前から引っかかってましてん」

「あのな、久美さん。悪さができるほど、啓太は肝が据わってへんねん。遠いからええいうんもあんのや。現実的な距離が、身内には必要なときがある」

　高津は庇ったわけではなかった。恒夫が脳内出血を起こした原因を知っているからに過ぎない。啓太は決して馬鹿ではなかった。馬鹿ではないが人間の土台が弱すぎて周囲とうまくやってゆけない。傷つくのが怖いから自分から人を遠ざけ、面倒くさくなったら逃げてしまう。有名大学にトップ入学していながらろくに授業にも出ずに退学し、家出したのもまさにそれだった。家出自体、高津は悪いとは思っていない。むしろ自分をリセットするいいきっかけになっただろう。それを期待した高津だったが、岡山の駅前にいたあいつは、段ボール箱と新聞紙に包まるホームレスに成り果てていた。見つけられてもちっとも嬉しそうではなかった。

「恒さんが倒れた時、お前もそばにおったんやろ？」と高津はムシカに聞いた。

「あの家に居候させてもろてましたから」

「原因は親子喧嘩か？」とあえて高津は聞く。

「っていうより、おやっさんが一方的に……」

高津は頷いた。家出から戻った後、言われたことだけをロボットみたいにこなす生気のない息子に苛立ち、「このクズが」と恒夫が殴りかかったのだろう。咄嗟に拳をかわした息子は、やっとのことで父親が競り落とした木版画挿絵入りの漱石の初版本を、踏んだか、投げつけたかで破損させたに違いない。美本のままなら店の看板になるほどの本だった。

啓太が勉強好きでおとなしい少年だったのは、小学生までだ。啓太は有名私立小学校の受験に失敗した。途中でまあまあの私立小学校に編入したが、たたき上げの父親に重要なのは経過でなく結果だ。高校生の啓太の手が、しょっちゅうズルズルに擦りむけて血が滲んでいたのを高津は知っている。壁を殴っているのだとすぐに分かった。高津にもそういう時期があったからだ。しかし普通は、壁を殴ったところで痛みしか返って来ないことに、すぐ気づく。高校生の啓太の自我は、すでに抑えられないくらい肥大していた。

「やっぱり売春宿ですやろか。闇オークションの隠れ蓑の」久美子は啓太を攻撃するのを諦め、話を戻した。「売春宿やったら、ちっとも隠れてへんで」と高津は溜息をつく。

　けたたましいサイレンを鳴らしてパトカーが喫茶店の前を通り過ぎていった。それぞれはそれぞれなりに不吉さを予感し、その答えを問うように顔を見合わせた。高津のジャケットの中で携帯電話が鳴った。応答した高津は一瞬表情を険しくし、ムシカたちの手前、すぐに切った。

「嫁はんや。特売の牛肉を買うてきてくれって、朝から煩かってん」と高津はヘタな嘘をつく。五千円札をテーブルに置き、急ぐように喫茶店を出ていった。久美子がそっとムシカの前に封筒を差し出した。一万円札が入っていた。

「何ですか、これ」

「今夜、うちの人がみんなを集めて飲み会をするらしいわ、時さんから聞いてんけど。そやし、これで払うてくれへん？　どうせ一文無しやろうから」

「まさかチキさん、まだ家へ帰ってないんですか」

「帰る言うてもなあ」と久美子ははぐらかす。「それより、あんたら。ほんまになんか探してんの？」と疑った。

「少なくとも、高津さんとチキさんは」

「あんたは高みの見物かいな。仲間のくせして」

「仲間ですけど、この年で宝探しっていうのも……」

「自分だけ逃げてても、何も握ることなんかできひんよ。まあね、そういうところがあんたらしいけど。分かるよ、臆病風もまともに受けると北風並みに冷たいから」

ムシカはむっとして久美子を見た。久美子はその視線を外して、空になったジョッキを数えている。まだ飲めると踏んだのか、高津が置いていった五千円札をぴらっとさせて、ビールのお代わりを注文した。「お金のことは時さんには内緒にしてな。聞いたら気い悪いやろから」と久美子は美味しそうにビールを飲んだ。


——夕方にこっちへ来てください。そのカギの使い方を教えてくれたら、お礼に夢をかなえてあげる。香雨。

——では、鳥にしてください。掃除屋。

——了解。必ず鳥にしてあげる。香雨。

必ず、か……。鳥になったらどこへ行こう。高ぁく、高ぁく、お空へ高ぁく。

啓太はとっくに腹をくくっていた。もう、何もいらない。綺麗さっぱり捨ててやる。そして、今度こそ、お空へ高ぁく。

思いがけず理香子からメールが入り、心臓がどきんと強く脈打った。大阪に来ていることを知らせる簡単な内容が、業務連絡のような言葉で綴られていた。

理香子にメールを返せないまま、地下鉄で難波まで行った。南海電車方面への連絡通路を歩いていると、理香子に似た後ろ姿を見つけ、まさか、と人ごみに隠れて後を追った。彼女も啓太が行こうとしている方向へと歩いてゆく。改札口を通り、南海本線のプラットホームへ移ると、ベンチにどかっと腰を下ろして汗を拭った。彼女はこのクソ暑いのに、黒いリクルートスーツを着ていた。どこを歩いてきたのかストッキングと靴が泥だらけで、踵を覗きこんでいる。足元は気になるくせに、長袖の上着は脱ごうとしなかった。二年前もそうだった。汗をだらだらかきながら、日焼けしたくないと言って長袖を着ていた。半袖が着られないのだ。左腕に古い傷がある。古すぎて、たぶんとっくに消えているはずの傷が。

驚いたことに理香子はバッグから缶ビールを出し、昼間っからかっくらった。電車待ちをしていた人たちはびっくりして振り返り、女子高生たちも遠巻きに眺めてくすくす笑った。理香子は気にしていなかった。飲み干すと、男みたいに缶を握りつぶし、もう一本、開ける。ビールのＣＭみたいに顎を突き上げて勢いよく飲む姿は、どう見てもヤケクソだった。そして、ふと唇を離し、線路の上の細い空を見上げた。そして、見上げたまま動かない。電車が到着しても、そうしていた。特急も、急行も、各駅電車もやり過ごし、三本目の急行がプラットホームに入ってくると、やっと肩の力を抜いた。さすがに啓太はいつまでも理香子を眺めているわけにはいかなくなった。ホームの一番端に移動して、こっそり乗った。乗った途端、後悔した。彼女には言わなければならないことがある。ずっとそれを先延ばしにしてきた。二年前も、子供の頃も。

《誰がために金は唸る》――欺されて来て誠なる初桜　今を盛りと夕景色

　高津は、遅れてきた梁瀬にこっちだと手を振った。「お呼び立てしておきながら、遅れて申し訳ない」と梁瀬はセルフサービスのコーヒーを手に、高津の前に座る。

「さっそくですが、お考えいただけましたか？」と切り出した。

「すんません、アホやから考えても分かりませんねん」

「そうやって誤魔化すおつもりですか。新発見かどうかを判断するのは、我々学者ですよ」

「欲しいものがおありでしたら、お探ししますがな。ご希望に応えてこそ、古本屋ですよって」

「江戸時代の古文書に鬼札を入れましたね」

「あれでっか。あんなん、欲しいんでっか」

「アレはただの古文書じゃない。いや、肝心なのは中身ではなく……」

「先生がそないに欲しいんやったら、よっぽどのもんですな。得したわ」

「どこまで情報を摑んでるんです？」

「あれは明治に入ってからの写しでっせ」

「譲る気がないのなら、我々の研究チームと組みませんか。うちの大学の名前を使えば、取り壊し中のビルの工事を中断させることだって可能です。秀吉の金が広範囲に拡散していると考えているのは、あなただけではないんですよ。全国の金鉱山を独り占めしていた天下人だ、茶道具はもちろん、バテレンに金歯だって作らせていたかもしれない」

「金歯？　また突拍子もないことを。そやけど先生、うちの店が落札したんは、印刷に毛が生えたようなもんでっせ」

「小田島啓太君は、どう言ってますか」

「小田島君？　ああ、桃神書房の。風俗のお姉ちゃんをコマすんが忙しい言うてますわ」

「あの学生が？　いや、そんなはずはない。どうしてそう、はぐらかすんですか」

「脱線してはるんは、先生やないですか」

「分かりました、はっきり言いましょう。豊臣秀吉の隠し財宝の証拠です」

「あれが？　あんなんが？　アホやから何が書いてあるんかさっぱり分かりませんで

したわ。研究のためやったらなんぼでも協力させてもらいますがな。こんなんでどないです？」と高津は指を三本立てた。

「さ、三百万円……？」

「ゼロがいっこ、足りまへんがな。その代わり、あのきちゃない箱から、金の蒔絵がはいったええのと交換させてもらいまっせ、心ばかりのサービスに」

「い、いや、違う、あの箱は。あんたって人は……」


日が落ちると、谷町六丁目の安酒場にムシカたちは集まっていた。大事な話があるからとチキが招集したのだが、その張本人がすっかりできあがっていた。仕事を終えて駆けつけた時恵も、今回ばかりはさすがに堪忍袋の緒が切れたのか、最初から飲むペースを飛ばしている。チキはそんな時恵を嬉しそうに眺め、「これ、俺の飲み代な」とジャージとパンツの間から、くしゃくしゃになった千円札をひねり出した。「汚い」と時恵が嫌そうに手を払う。それもチキには嬉しいのだ。

突拍子もないことをしでかす男だが、案外チキの幸福はこういった些細なやり取りの中にあるのかもしれなかった。「いらんの？　儲けたわ。ありがとさん」とチキはまたパンツの間に入れようとする。時恵が怒ってお絞りを投げつけると、千円札がテーブルに落ち、ジョッキの雫にぬれてしんなりした。空調機の風で心もとなく千円札が揺れている。揺れても湿っているから飛ばされたりしない。ハエが迷い込んでくると、チキはお絞りの一撃で払い落とした。

　やっと理香子が店に入ってきた。「ここ、ここ」とムシカは思わず立ち上がり、そんなムシカを時恵が嫉妬深い目で見上げた。走ってきたのか理香子は頬を紅潮させ、肩で息をしている。「仕事、忙しいの？」と時恵がどうにか感情を抑えて椅子を引いてやっても、余裕がないのか理香子は、ありがとう、さえ言わなかった。

「お姫様はたっぷりの遅刻ぅ」とチキが手をメガホンにして野次る。「忙しいんなら、無理して来なくてもいいのに」と時恵が聞こえよがしに呟いた。店員がお絞りを持ってくると理香子は、「私も、ビール」と言い、時恵もお代わりを注文した。「揃ったところで、もう一回、かんぱ～い」とチキがジョッキを高く掲げる。

「なんかあったん？」とムシカが理香子に聞いた。「どうして？」と作り笑いを向ける理香子は、メニューを開きながらも視線がそこに止まっていない。ふと見ると、彼女の靴が土で汚れていた。靴だけじゃない。ストッキングにまで泥が跳ねている。

「あたしはカボチャコロッケ。すみませ～ん、こっち」と時恵が店員を呼んだ。「こいつらに付き合ってたら、まともに食べられないわよ」と理香子をせっつき、「ええ、はい」と気のない返事をする理香子に、「下手なダイエットは老化の元なんだからね」と言った。理香子は啄《ついば》むようにキムチを食べている。「支払いはたのむで、時ちゃん」とチキに言われ、仕方ないとばかりに時恵は頷いた。

「とんでもない、ここは私が」と理香子が立ち上がった。

「姫様はええねんて。久しぶりに会《お》うてんから、しょうむないこと言いなって」座れ、とチキが両手で制している。「そうよ、気にしないで。エリートさんには忍びないだろうけど、ここを払うくらいは稼いでるから」と時恵も、厭味をまじえながらも理香子に払わせようとしなかった。

「今日は僕が払うよ」とムシカが久美子から預かっているお金を出した。「うひゃ、一万円札や」とチキは両手でかざし、透かし模様を覗いている。

「だから、あたしが払うって言ってるじゃない。ムシカさんも、それ、ひっこめなさいよ。あんたにはバイト代もまともに払えてないんだから」時恵は、自分自身の意地のために払いたいと思っていた。

「どっちゃでもええやん。優しさとお節介は似て非なるがごとし」

「ほんならチキさんが払えよ」

「ムシカちゃんな、そういう言い方をしてると嫌われんで」

「チキさんにだけは、好かれとうないわ」

「愛が足らんなあ。カルシウムが欠けてんのとちゃう？」

チキがエビフライを尻尾までバリバリと齧った。チキの口から愛と言われ、理香子が笑う。やっと理香子らしい笑顔になり、それを見て時恵も釣られるように噴き出した。笑うと二人とも、少女のように愛らしい。

ところが時恵が、「ぶりっ子理香ちゃん」と笑いながら理香子を指した。「大阪のオバハン、時恵さん」と理香子も時恵に笑みを向ける。

「言ってくれるじゃない。東下りしたよそモンが」

「大阪のオバハンって、切れると怖ぁい」と理香子がぶりっ子口調でやり返している。

「あたしはね、横浜生まれのハマっ子なの。大阪のオバハンとちゃううんやからね」

「訛ってますよ、大阪弁に」

そして二人はお互いを指してアハハと笑った。ムシカとチキは、まずいんちゃう？と肘をつつきあった。「理香ちゃん、舞台公演の後始末って大変なん？」ととりあえずチキが割り込む。笑いすぎて目に涙を溜めていた理香子は急に表情を暗くし、「裏方は色々ありますから」と指で目頭を拭った。

「二年前に企画してた芝居やろ？　僕は観たよ。先週やったかな」何となく、まずい話題だと思いながらもムシカは言った。やっぱり東京で何かあったのだ。

「ふうん、二年前ね」と時恵から笑顔が消える。

「入社して初めて通った大型舞台の企画だったから……」理香子が口ごもった。

「わりと良かったよ」励ますようにムシカが言う。

「そんなの、役者の演技の賜物じゃない」

「大阪へ戻って来てくれって、素直に言うたらええやんけ」

「煩いな。僕らは芸術の話をしてんねん」

「ちょっと、鈴木君」理香子は顔をしかめて首を振った。

「へえ、三十を過ぎたお姫様は、そうやってたしなめるんだ。勉強になるわ」

「別にたしなめてなんか……」

理香子の唇がほんの少し、クソババア、と動いた。冷や冷やするチキが、「姫様、雑炊はいかがでござるか」とひれ伏しながらメニューを渡すと、「まずはお局《つぼね》様にお伺いを」と理香子は言った。ふん、と時恵がメニューを取り上げる。女同士のこういうバトルを理香子もやるようになったのだ。ムシカは複雑な気分だった。時恵はただ酔っ払っているだけだ。ああやって絡むのは彼女の憂さ晴らしに過ぎない。それを知っているムシカとチキは、向きになる理香子が不憫だった。「理香ちゃん、いっぱい、いっぱいやな」とチキが呟く。

パタンと時恵がメニューを閉じた。「値段が上がったんじゃない？」と今度はメニューに八つ当たりする。「消費税の二重取りやで、絶対」とチキも話題を変えようと乗ってきた。うまい具合に時恵が、「あんたじゃあるまいし」とチキに突っかかってゆく。

ところが理香子が、「でも、消費税はしょうがないんじゃないんですか」と呟くような声で言った。

「はあ？　あんたって、政府のまわしもの？」

「どうしてそういう言い方しかしないんですか」

膝に置いた理香子の手が、ぎゅっと拳を握っていた。ムシカとチキは苦笑いで視線を合わせる。

「ふうん。理香ちゃんって、いっぱい税金を払いたい人なんだ、お国のために」「乃木将軍。明治精神に殉死する」とチキがふざけて敬礼した。「この前、チキさんが仕入れた乃木将軍の掛け軸な、市に出したらあかんで。印刷や、あれ」とムシカはチキに話を振る。「日本はとんでもない赤字国家なんですよ」と理香子の言葉が硬くなった。「そやけど明治時代の紙やで。狩野派っぽい絵やんか」「っぽいだけやろ。そんなん鑑定のうちに入らへん」「じょうずに描かれてんのになあ」とチキの声がだんだん小さくなってくる。「あのね、こっちは店が赤字なの。政治家みたいな口を叩くんだったら、政府と心中してくれない？　リカちゃん人形、明治精神に殉死する」と時恵はへんなところでチキたちと言葉尻を合わせた。

「時恵さんは不安じゃないんですか。年をとって、体も心も弱って、すぐ病気になるのにお金がないから不潔なアパートでただじっと横になるしかない日々が。そのうち誰にも気づかれずに一人で死んでしまうかもしれないんですよ」

「あたしがそうなるって言いたいの？」

「私は怖いです」

「なんかむかつく」時恵がパチンと箸を置いた。

時恵は理香子に、美容院で毎回いくら払っているのか、と聞いた。理香子は質問の意図が分からずに、自信なさげに一万円ぐらいだと長いストレートヘアを触った。「あたし、三千円よ。しかも四ヵ月に一回だけ」と時恵はパーマの伸びた中途半端な長さの髪を摘む。見かねてムシカが「湯豆腐でも食べへん？　豆腐は女子力がアップするよ」とメニューを差し出したが、二人とも聞いていなかった。「ほっとき」とチキは雑炊を独り占めした。仲裁を諦めて、とっくに面白がっている。こういうところが高津と似ていた。

「苦労知らずの理香ちゃんは、何にも分かってないのよ」

「私の何が時恵さんに分かるんですか」

「ねえ、理香ちゃん。ううん、リカちゃん人形さん。何があったか知らないけど、大阪まで逃げてきて、もっともらしい顔で正論吐いてるのって楽しい？　それとも、そういうのが東京人なわけ？　ああ、よかった。あたし、大阪人で」

「って時ちゃん、横浜やん」

時恵はチキに向かって手裏剣みたいに箸を投げた。理香子は黙っている。唇に笑みを浮かべているが目が笑っていない。カチカチとまた爪を嚙み始めた。

いつの間にか注文した皿でテーブルがいっぱいになっていた。チキが片っ端から箸をつけてがっつくから、「なんで金のないチキさんが、そないに食うねん」とムシカが突っ込むと、「食べ残しは貧乏人最大の恥やからな」と口いっぱいにチキは蛍烏賊《いか》を頬張った。「意地汚いんだから、もう」と時恵は、「早く食べないとなくなっちゃうわよ」と理香子に箸を握らせる。言いすぎたと思っているのだ。揚げ出し豆腐が運ばれてくると、器ごと手に持ち、「あんたには、渡さないからね」とチキに向かってアカンベエをした。

「ごめんな、時ちゃん」チキが急にしおらしく謝った。時恵は気まずそうに俯く。

「久美子のやつ、なんか言うてた?」と聞かれ、時恵はさっきの勢いを消して、久美子が実家を売ったと話した。さすがにチキは驚きのあまり声も出ない。

「久美さんね、しょうがないって言ってたわよ。そりゃ、ただの長屋よ。でもね、あそこがあの人の居場所だったの、亡くなったご両親と自分自身の。なのに、何なわけ? 何でまた借金なんかすんのよ。何に遣ったか言いなさいよ」

「俺のことなんか、ほっといたらええやん」

「ほっとけないわよ。あんたと久美さんは夫婦で、久美さんとあたしは親友なんだから」

「時ちゃんは夫婦やないのに、二年前もお金を出してくれたよな」

「絞め殺したる」

「死なんように殺してな」

「ねえ、時恵さんって幸せ?」

理香子の一言に、三人はぱっと彼女を見た。慌てて口を押さえた理香子だったが、時恵は理香子に体を向けて、「幸せよ」と言い切った。

「何故ですか」

「ちょっと、理香」さすがにムシカはストップをかけた。チキも決まり悪そうにもじもじしている。しかし時恵と理香子はもう後戻りが利かない。

「自分の居場所を見つけたから」

「でも久美子さんは失ったんですよね」

「理香ちゃんは久美さんのことが聞きたいの？　それともあたしに聞いてるの？」

理香子は黙り込んだ。現実から逃げずに踏ん張って生きている時恵に利があった。時恵が指摘したとおり、理香子は大阪へ逃げてきたのだ。舞台化した企画はことごとく閑古鳥が鳴き、今、手がけている企画を最後に、内勤への異動を言い渡されている。ずっとがんばってきた結果が、これだ。用無しのレッテル。徹夜を重ね、男たちの何倍もがんばってきたというのに、何がいけなかったのだろう。張り切れば張り切るほど空回りしてしまう。東京を発つ時、鞄に辞表を入れた。なのにまだ出せないでいる。人生をリセットする勇気もないのだ。時恵はとっくにチキを相手に絡んでいた。もう理香子の方を見ようともしない。箸を握る時恵の手が、さかむけでかさついていた。黒いインクが爪の中まで入り、健康そうな爪の白い三日月を汚している。働き者の手だ。自分はあそこまでなりふり構わず働けるだろうか。理香子は薄いピンクのマニキュアを塗った指をそっと隠した。「ごめんなさい」と呟く声は、周囲の音にかき消されて誰の耳にも届かない。「幸せやて、よかったな、チキさん」とムシカが年上のチキの頭を撫でている。「俺の人徳やね」とチキが得意がると、「調子に乗るな」とすかさず時恵が嚙み付いた。理香子は目の前の世界がひどく遠く感じられた。

ところが、急に時恵の様子が変わった。「無理だと思ったら、店なんか潰しちゃってもいいのよ」と静かに言う。「時さん？」とムシカが時恵を見た。チキもさすがにふざけるのを止め、「なんでそんなに優しいねん、時ちゃん」と俯いてしまう。「これからは幸せになってな」と柄にもなく鼻を啜った。

「なによ、今更。もう遅いわよ」つっけんどんに言い返す時恵の目には、涙が滲んでいる。チキは時恵の顔がまともに見られずに、尻に敷いていた茶封筒から汚い布装丁の本を出した。「これ、やるわ」とムシカに渡し、ムシカは訳が分からないまま、本とチキを交互に見た。萩原朔太郎の詩集だ。ムシカの好きな詩人だった。状態はひどいが初版本。ページを開くと痛い言葉が目に飛び込んでくる。

――おまへはなにを視てゐるのか、

　ふるへる、わたしの孤独のたましひよ。――

「これ、どうしてん？」

「店じまいした古本屋で、ちょっとな」とチキはやっと調子を取り戻して、万引きの仕草でクイッと指を曲げた。

「仮にも同業者の店で、そんなことすんな。返して来い」

「ええねん。どうせ二束三文や。死なはってん。葬式に出てやってんから、もろたかてバチは当たらん」

「大阪の同業者で誰かが死んだなんて、僕は聞いてへんで」

「団栗楼の、立川のおっさんや」

団栗楼と聞いて、ムシカと時恵は顔を見合わせた。戸惑うように理香子も二人を見る。

「チキさん、その人、ほんまに知ってんのか?」ムシカはすぐには信用できなかった。

「本当に古本屋? 店売りしてたの?」時恵も疑いを隠せない。

「それやねん、そこが問題でな」とチキはここぞとばかりに声を低くした。「立川のおっさんには娘がおんねん。飛谷の風俗嬢や。どない考えても妙やろ」

「妙って何が」

「知らんの? 啓ちゃんのこれや」とチキは高津がするように立てた小指を曲げた。

「葬式に遅れてきよったときは、化粧がいつもと違うからすぐに分からんかったけど、道端で啓ちゃんといちゃついとったからな」とチキはちょっと事実を脚色して話した。大阪人ならよくやることだ。しかし理香子には通じない。あの女……？　と理香子は、ローカル線の終着駅で啓太に抱きついてきたケバケバしい女を思い浮かべた。二十代後半か、もう少し若いかもしれない。難波駅のホームで啓太を見かけ、後をつけたのだ。

「父親の葬式代を作るために客を取る。ドストエフスキーやね」とムシカがわざと話を脱線させた。しかし意外と理香子は平然としていた。

「んなええもんとちゃう。金の亡者や。取り憑かれたらケツの毛まで抜かれんで、あの手の女は」

「やっぱり久美さんが言ったとおりじゃない。桃神のボンが嚙んでるのよ」

　時恵の知恵袋は久美子だったのだ。時恵はどちらかというと、考える前に感情が先走る。確かに啓太は、しょっちゅう風俗街に出入りしていた。ドヤ街の安飲み屋へ行った帰りに、飛谷の筋から出てきた啓太を見かけた古本屋たちは多い。ムシカにしても、飛谷の赤門跡の前でギャル化粧の女の子に手を引かれている姿を目撃しているのだ。しかし、だからと言って、それが何だというのだろう。誰かに迷惑をかけているわけじゃない。

「見間違いとちゃうんか？」とムシカは聞きなおした。チキは目を閉じて口を一文字に結ぶ。否定の意味だ。

「仮にそうやったとしても、古本屋の娘が風俗嬢で、何が問題やねん」仕方無くムシカは別の方向から啓太を弁護した。

「いい加減にあんな色ボケ男、庇うのなんかよしなさいよ」と時恵が言う。理香子は冷めた目つきで聞いていた。

「それやねん。色ボケのボン。天満に年経《ふ》る、なんちゃらいうの、あったやろ？」とチキが言った。

――天満に年経る。ちはやふる。神にはあらぬ紙様と世の鰐口に乗るばかり。小春に深く大幣《あふぬさ》のくさり合うたる御注連縄《みしめなは》。

理香子が淡々とした口調で言った。時恵が、へえ、と目を細め、「言われてみれば古本屋も、神様よね、紙を扱ってるんだから」と自分に都合のいい方へ解釈した。心中天網島の〝神にはあらぬ紙様〟は紙問屋の治兵衛の意味だが、古本屋も〝本〟という紙を扱う。チキは寄り目になるほど目に力を入れ、ちょい、ちょい、と指で手招きした。三人は、半信半疑でテーブルの中央に頭を寄せた。

宝のことだ。

「長いことこっそり眠ってた近松や西鶴の古典籍に、そろそろ起きてもらおうと思うねん」とチキは秘密を明かすように唇に指を当てた。トラックの中でほざいていたお宝のことだ。

チキの話はこうだった。

古すぎるもんにこだわってもきりがない。狙い目は江戸期の古典籍や、と。

江戸時代、大阪には浪速の中心を焼いた大火事が何度もあった。享保九年の「妙知焼け」、天保八年の「大塩焼け」、弘化三年の「おちょぼ焼け」、文久三年の「新町焼け」、とチキは指を折って数える。文明開化の声を聞いても火事は庶民を苦しめ中之島辺りから梅田周辺を焦土に変えたキタの大火と、三年後の難波新地から生國魂神社までを焼き尽くしたミナミの大火は古書業界でも生々しい大災害として語り継がれていた。

つまりどれも、大阪を支える大商業地域なのである。火は瓢簞遊郭、曽根崎新地と、浪速を代表する大規模な遊郭を焼き、犠牲者はおそらく記録されている数をはるかに上回るだろう。新地と名のつくところには、政府容認の遊郭がある。江戸時代、上方文化に代表される井原西鶴、近松門左衛門、上田秋成、与謝蕪村にしても、色町は作品に欠かせなかった。そしてその遊女たちだが、農民や女工、下働きの女と異なり、客を繋ぎとめるために読み書きを習わされ、いっぱしの教養を身につけていたことはあまり重要視されていない。客との間の許されぬ恋の切なさを、書物に求めていても不思議はないのだ。遊女たちに自由はない。恋愛はご法度。されど募る恋心。大阪に古典籍が残されていないと言われているのも、多くの書物が遊郭に集まっていたからだろう。だから燃えた。まさに、そこが落とし穴。

明治に入ると繊維産業の発展に伴い、これまで商業の中心だった難波や中之島や梅田から、紡績工場が建つ大阪南部へと人口が移動した。住吉、堺、貝塚に遊郭ができ、いっそう街が賑やかになった。とはいえ、素人がいきなり郭《くるわ》を経営できるわけがない。そっくりそのまま、器と中身を大阪南部へ移した可能性は高い。あるいはチェーン展開させたかもしれなかった。そして遊女たちも、好きな読み物を胸に抱いて移動したのだ。

チキが目をつけたのは、和歌山に近い海沿いの町だった。貝塚辺りの遊郭は昭和に入ってから、更に南部のみかん山に囲まれた地域に移されている。つまり団栗楼。

チキの話は高津と似ているようで、違っていた。チキははっきりとお宝にめぼしをつけている。理屈も通る。今回ばかりはチキのほうが一枚上手かもしれなかった。

「団栗楼が郭だったっていう証拠は?」と時恵は、いまひとつ納得しない様子だった。

「屋根を見たら一目瞭然や。唐破風《からはふ》しとんねん。風呂屋の入り口に、神社みたいな屋根が載っかっとるやろ？　あれや。普通の商家がそんな屋根しとるかい」

「ほんなら風呂屋や」とムシカはあえて言う。ところが黙って聞いていた理香子が、

「それって、和歌山の手前で乗り換えるローカル線の終着駅ですよね」と確信にみちた口調で言った。

「なんや、理香ちゃん知ってんの？」チキが意外そうに理香子を見る。

「チキさん、これやねんけどな」とムシカはキツネの形をした鉄製の根付を出した。話を変えたかった。理香子が啓太のことで何か調べたのかもしれないが、聞きたくない。

「なんや、これ？」とチキが根付のきちゃない紐を摘んでぶらぶらさせた。

「あんたが食堂に置いていったゴミや」

「ああ、あの十円の。はあ、磨くとたいしたもんやな。高村光雲の作ちゃうか？　値打ちもんやで」

「腕のええ職人がつくったんやろ。とりあえず返しとくから」

「脇の下の穴、気になるな」とチキはキツネの脇をくすぐるようにちょちょいと触

り、力任せに爪楊枝を突っ込んだ。爪楊枝はポキッと折れた。ふうむ、と腕組みし、時恵から一円玉を借りて試したが、もちろん入らなかった。チキはすぐに興味をなくし、ムシカの膝にぽんと投げた。「俺の飲み代や。そやしコレは返してな」とテーブルの上の千円札を摘み上げ、ちゃっかりパンツの間に捻じ込んだ。

改札口の前で啓太を待っていたのは、ギャル化粧にバッチリメイクした香雨の母親だった。いきなり啓太に抱きつき、後ろにいる誰かに向かって「ブス！」と詰《なじ》ったのだ。

啓太は香雨の母親を突き飛ばした。「痛あ。骨が折れたあ。治療費、払ってよね」と香雨の母親は短いスカートからむっちりした太股をむき出しにして、足の付け根をさすっている。開いた足から下着が見えていた。啓太は反吐《へど》が出そうだった。

啓太は女の首根っこを引っつかんで無理やり立たせた。「香雨をどこへやった」と駅舎の壁に押しつけ、首に手をかける。親指の先でゴリッと喉の骨が動くと、衝動的に砕いてしまいたくなった。女がもがいて、泡を吹く。はっとして啓太は手を離したが、首を絞めた感触が気持ち悪く残っていた。

女はうずくまって、ひどく咳き込んだ。「娘さんのところへ案内してください」と啓太が手を差し出すと、「こ、この、ロリコン」とハイヒールを投げつけて逃げてしまった。

携帯電話がメール着信音を鳴らした。

——商店街のタバコ屋さんの角を曲がってください。真っ直ぐ行くとキツネさんがいます。香雨。

キツネ？　絶妙なタイミングで入ったメールに、啓太は辺りを見回した。野良犬一四、歩いてなかった。仕方なくメールの指示通り駅前商店街へ向かい、タバコ屋の角を曲がる。開いた窓から野球のナイター中継が聞こえていた。

商店街の裏通りは薄暗く、古い長屋が連なっていた。どの家からも明かりが漏れてこないのは、空き家だからだろう。割れた窓ガラスは放置され、網戸に蜘蛛の巣がはっている。電信柱につけられている街灯が、夜の羽虫を集めていた。その向かいにお稲荷さんの祠がある。街灯の明かりを反射して、祠の中の鏡が妖力を帯びるように光っていた。

祠にもたれて、お下げ髪の少女が体育座りしていた。うずくまる影は中型犬ほどの大きさしかない。香雨だ。

香雨は啓太に気づいて立ち上がり、コン、と手を狐にした。ここでそれをやられると、さすがに様になりすぎていた。「あの女と会わなかった?」と少女はきょろきょろする。「どっか、行っちゃいました」と啓太が適当な方向に目をやると、子供らしくない表情でちっと舌打ちした。「あそこなの」と少女は突き当たりの家を指す。

銭湯? 立派な唐破風が暗がりの中で浮かんでいた。破風板が合掌する位置には欄間を思わせる彫刻の拝懸魚《おがみげぎょ》が下がっている。他の空き家同様、この家もかなり古そうだった。破風屋根を谷にして両脇の軒がせん断ひずみを起こしている。

内側に白いカーテンが引かれている玄関のガラス戸が開き、中からぱっと明かりが灯った。香雨がつけたのだ。ぬるい梅雨風を受けて白いカーテンが膨らんでいる。

明るくなったお蔭で、破風屋根の下にかかっている看板に気づいた。漢方薬の老舗にかかっているような分厚い一枚板だ。看板には、「団栗楼」と彫られている。

それにしても、やたらと存在感を誇示する玄関だった。破風屋根を支える二本の太い角柱が、特に目を引く。地面に接する柱の四隅には、赤ん坊の頭ほどの獅子の顔が口を開けて装飾されていた。二階の細長い窓に土格子《どごうし》が入っている。一階と二階の屋根の間が極端に狭いのは、江戸時代の遊郭が好んで建てた「むしこ造り」だからだろう。サボりまくっていた建築史の授業の記憶が、こんなところで役に立つのは皮肉だった。ここは元郭だ。郭なら、神社並みの唐破風や、獅子の装飾にも納得がいく。

屋根のてっぺんで、丸みをおびた細長い鬼瓦が夜の邪気を払っていた。

「掃除屋さん、入って」と香雨に呼ばれ、啓太は破風屋根を見上げながら家に入った。その途端、腋臭《わきが》に似た悪臭にえずき、吐きそうになった。もちろん腋臭じゃない。古い紙の臭いだ。目垢と手垢でベタベタに汚れたゴミ本の、質の悪いインクが腐る臭い。

店内は、玄関を飾る立派すぎる唐破風を裏切って、夥《おびただ》しい数の漫画や雑誌が紐で括られもせずに積み上げられていた。棚にはそれなりに箱入りの古書も並んでいるが、価値がないのは一目で分かる。「足元に気をつけて」と店の奥から香雨が言った。返事をしようとして、うっかり本の山に躓いた。雪崩を起こしてゴミ本が崩れてくる。

足元を埋め尽くした本を積みなおしていると、紅色が薄茶色く変色した布装丁の本が出てきた。北原白秋の「邪宗門」だ。間違いなく初版本。ただし色あせと虫食いがひどく、装丁の布も破れていた。売れたとしても千円がいいところだろう。それでも啓太はその本を脇に挟んだ。店の奥のガラス障子が開いていた。上がり段に赤い小さなつっかけが揃えられている。あそこからが住居スペースだろう。

踊り場というには広すぎる板の間の脇に、急な階段がついていた。その上がった先で、「掃除屋さん、こっち」と香雨が呼んだ。誰も自分のバイトのことを知らないだけに、掃除屋さんと呼ばれると妙に照れくさかった。黒光りする階段が、気持ち悪くたわんでギイと鳴く。二階は思いのほか広く、長い廊下の両脇に部屋がいくつも並んでいた。部屋はどれも、牡丹やアヤメが派手に描かれた襖で仕切られている。新築当初はどぎつい色彩だっただろうが、古さがいい具合に色をくすませ渋い風情を放っていた。突き当たりがきっとトイレだ。ドアノブにタオルが掛けられている。この家のレイアウトを把握するのは難しくなかった。飛谷の茶屋とよく似ている。

稲穂が描かれた襖の隙間から白い灯りが漏れていた。かわいらしい少女の鼻歌が聞こえてくる。「ドラえもん」の主題歌だ。なんだかんだ言っても、やっぱり子供だ。

「入っていいですか」と啓太はそっと襖を開けた。勉強机の椅子に赤いランドセルがかけられていた。普通の子供部屋だった。本棚とベッドの間に、巨大なドラえもんのぬいぐるみが座っている。着ぐるみの古書タンほどの大きさだろうか。

香雨は茶色い座布団を白い小さなちゃぶ台の前に置き、「飲み物を持ってきます。それとも何か食べる？」と聞いた。子供が気を遣わなくてもいい、と啓太は言ったが、階段を降りていった。トトトンと軽快な足音が響いてくる。

しばらくして香雨は、お湯を注いだ二人分のカップラーメンと缶ビールをお盆に載せて戻ってきた。カレー味とチキンスープ味のどっちがいい？　と聞き、どっちでも、と啓太が言うと、香雨はカレー味を取った。「はい」と少女が缶ビールを渡してくれる。香雨の飲み物はない。「君のは？」と聞くと、ジュースもお茶も嫌いだと言った。

ズルズルと音を立てて二人はカップラーメンを啜る。その間、啓太は何をどう喋ればいいのだろうと悩み、子供どころか同世代の誰かと交わす話題すらない自分に気づいた。

「鍵のこと、何か分かった？」食べ終わると香雨が聞いた。空になった発泡スチロールのどんぶりの上に、きちんと割り箸が揃えられている。

「ありきたりなことだけなら」と啓太は答えた。そして、「君んちは古本屋さんだったんですね」と階段のほうを振り返った。

「言わなかった？」

「聞いてない」

「こんな汚いお店、あたし、大嫌い。掃除屋さんは大人だから、あの本を全部売ったらいくらになるか分かるんでしょう？」

「さあ、どうかな。専門家じゃないし」

　啓太は嘘をついた。一目で分かった。タダ同然だ。金目の本は一冊もない。抜いてきた北原白秋の本も例外ではなかった。それでも抜いたのは、なんとなく懐かしかったからに過ぎない。

「あれね、お爺ちゃんの鍵なの」と少女は、正座している膝に小さな手を置いた。大粒の涙がぽたぽたと落ちてくる。先週、祖父が死んだらしい。あの寺での葬式の主役は、この子の祖父だったのだ。心臓発作だった。香雨が学校から帰ってくると、茶の間で祖父が白目を向いて死んでいたという。薬を探そうとしていたのか、茶簞笥の引き出しがはずれ、ハサミや、耳かき棒や、訳のわからない書類が畳に散乱していた。祖父は古いお守り袋を握っていた。薬なんか入ってないのに握り締めて。入っていたのはこの鍵だ。「こんなもの……」と香雨はまた涙声になって鼻水を啜り上げた。鍵は香雨が隠したのだ。母親にだけは、祖父が最後に握っていたものを渡したくなかったらしい。育ててくれたのは祖父だった。母親は男のアパートにしけこんで、ほとんど家に寄り付かない。

「じゃあ、君が一人でここに？」

　少女は小さく頷いた。そして、そんなことはどうでもいいとばかりに、鍵のことを教えて欲しいとちゃぶ台に体を乗り出した。大きく見開いた切羽詰まった目が、小学生の頃の理香子を思い出させた。

「もし、本当に鍵だとしたら、和錠です」と啓太は、動揺した自分を誤魔化したくて鍵を出した。香雨は硫酸紙に包まれた鍵を引き寄せ、丁寧に開けた。

「おそらく職人が作った手作りの鍵です」

「手作り？」

「和錠は昭和中期まで需要がありましたから、時代までは分かりません。でも、もし複雑な作りなら、かなり厄介でしょうね」

「この家のどこかに、鍵穴があるってこと？」

「可能性は、五分五分です」

「だったら絶対ある。開けなきゃいけないモノがあるもん」

「金庫ですか？」

少女は強く首を振る。あっちの世界へ通じる隠し扉だ、と真剣な口調になった。

「あっちの世界？　座敷牢とか、金庫室じゃなくて？」

「だって、あたしは、向こうの世界のお姫様で……、悪いカエルに魔法をかけられてこっちへ送られてるだけで……、その扉を開けるとあっちの世界へ通じる長い廊下が続いてて……」香雨はえっえと喉を詰まらせて泣き出した。

啓太は何をどう慰めていいのか、さっぱり分からなかった。仕方なく、ただじっと泣き止むのを待ち、やっとチーンと鼻をかんだのを見て、鍵の説明に戻った。そうすることしかできなかった。

「和錠の鍵だとしたら、先端のヘラの部分を錠前に差し込むのだと思います。鍵穴の幅は約一・五センチ。貯金箱のコインを入れる穴みたいなものですが、大きさは半分くらいでしょうね。ただ、この鍵につく錠前がどんな形をしているのか全く見当がつかないんです。和錠というのはいろんな形があります。錠は開けられないことが前提ですから、そのためには思いつく限りの工夫が施される。複雑な作りかもしれないと、さっき僕は言いましたよね。だとしたら、錠前が多バネ方式の複式錠かもしれない。多バネ方式というのは、第一の鍵を錠前に差し込むとバネがいくつも跳ねて形状変化し、鍵穴まで隠して錠が別の形になるんです。カラクリ人形みたいに。そして、その形状変化した錠が、今度は次の鍵となる。複式錠というのは、二組以上の鍵が組み合わさってできているもののことです」

「この鍵が、別の鍵の鍵なの？」

「まあ、そういうことです」

香雨は先端のヘラの部分を指でつついた。そして机に置かれていた貯金箱を持ってくると、ジャラッと音を鳴らして細長い穴に差し込んだ。貯金箱もドラえもんだった。しかし穴が大きすぎて、差し込んでもスカスカしている。すがるように少女が啓太を見上げた。啓太はその視線を避けて首を振る。

少女の顔が絶望で歪んだ。子供にこんな顔をされるといたたまれなかった。啓太はつい、錠前は必ずこの家にある、と言ってしまった。「本当に？　絶対？」と聞き返されて、「一緒に探してあげます」と苦し紛れに希望を持たせた。

「ドラえもんに誓える？」

「あのデベソに誓って」

巨大なドラえもんのぬいぐるみには、肉まんほどの大きさのデベソがくっついている。デベソの上に黒いボタンが縫い付けられていた。正面から見ると、丸描いてチョンだ。

啓太がトイレから戻ってくると、香雨はちゃぶ台につっ伏して眠っていた。ベッドまで運ぼうとして、ドラえもんのデベソが香雨の足に引っかかった。粗い縫い目のせいだった。そもそもドラえもんにヘソなんかあっただろうか。

飲み屋での理香子は、それなりに楽しそうに振る舞っていたが、お開きになってチキたちと別れてしまうと、とたんに疲れた表情になり、少し歩きたいと言った。ムシカはアパートがすぐそこだったが、いいよ、と並んで歩いた。空に輪郭の鈍い月が浮かんでいる。しかし、とりあえずは満月だ。ちょっと欠けているように見えるのは、かかっては流れる雲のせいだろう。理香子は月を見上げて、降ってもいない雨をよけるように手をかざしている。

「時恵さん、綺麗になったわね」と理香子は何かを摑むように、かざした手をぎゅっと握った。

「そうかな」

「赤い口紅」と理香子はくすっと笑って、自分の唇をつつく。

「久々にチキさんと会えたからちゃう？」

「鈴木君のことが好きなのよ」

「な、何を、アホなことを」

「気がつかない？　まあ、いいけど」

何を言い出すのかと、ムシカは理香子を疑った。確かに時恵はムシカたちと五歳しか離れていない。しかしムシカにとって時恵はチキの元愛人でしかなく、女として意識したことは一度もなかった。

赤信号で二人は立ち止まり、青に変わるとムシカは歩き出した。ところが理香子がついてこない。振り返ると、理香子は俯いて立ち尽くしていた。「どうしたん？」とムシカは駆け寄った。「ごめん」と理香子が涙声で首を振る。

「何が？」

「私のせいなの」

俯く理香子の目から、はらはらと涙が落ちた。「さっきのことやったら、誰も気にしてへんよ。酔っ払っててんねんから」しかし理香子は、違う、と強く否定する。「小田島君にひどいことをしたのは私なの」と子供みたいに涙の目をこすった。「ひどいこと？」とムシカは顔をしかめる。彼女は頷いては首を振った。自分の知らないところで、やっぱり二人は会っていたのだ。そんな気が、ずっとしていた。

「ええやん、別に。どうせ啓ちゃんやねんから」わざと軽い調子でムシカは流した。嫉妬を覚えずにはいられなかった。

「だから、違うのよ」理香子は涙で濡れた目をパッと上げる。

「気にせんでええって」

「小学生の時に」

「小学生？　……って、いつの話やねんな。とっくに時効やんか。啓ちゃんかって、覚えてへんよ」

「覚えてるわよ。二年前だって、わざと、初めまして、って言ったじゃない」

ああ、あれ。ムシカは可笑しくなる。二年前、確かに二人は初対面のように名刺交換していたが、お互いに体面をつくろっているのが見え見えだった。「ほんまに理香のことが分からんかったんちゃう？　アホやから」とムシカは言ってやった。

「分かってたわよ。分かっていて気を遣ったのよ、私が初対面の振りをしたから。だって、そういう人じゃない、チビメガネは。三人で飲みに行った時もそう。小田島君は私の前からトリのから揚げを遠ざけたのよ、さりげなく。私ね、子供の頃からトリニクがダメだったの。給食のトリニクも食べられなかった、吐いちゃうから」

「そんなん……」

「クラスの花壇が荒らされたのを覚えてる？　みんなはチビメガネのせいにしたけど」

「理香が庇った」

「違う。私なの。花壇をめちゃくちゃに破壊した犯人は私。庇う振りをしてチビメガネのせいにしたのよ。野良犬が荒らしたなんてあんなでたらめ、鈴木君だって信じてなかったくせに。チビメガネが犯人だけど許しましょうね、って暗にみんなに刷り込んだのが分からない？　計算ずくなの、いつだって。チビメガネの塾のドリルをゴミ箱に捨てたのも私。私よりテストの点がいいから。優しくしていたのは、自分がいい子に見えるからよ。私はいつだってずるいの。そんな人間が大人になったからって、変わるわけがなくて……」

ムシカは理香子が泣き崩れるのかと思った。しかし理香子はぐっと目に力を入れ、それ以上涙が零れるのを我慢した。彼女は呟くような声で歌を口ずさんでいる。遠き山に日は落ちて。小学生の頃、下校時間に流れていた曲だ。

朝になると啓太と香雨は、錠前を探して家中を這いずり回った。屋根裏も、畳の下も、台所の板も剝がして縁の下にも潜った。柱の礎石に接している四隅の獅子の顔は、特に念入りに調べた。雰囲気的に口の中に鍵穴がある気がしたからだ。飾り物としてのできばえは悪かったが、嫌でも目に付く。獅子の口に指を突っ込むと、内側の柱にすぐ手が触れた。硬い丸太だ。二重柱だったのだ。外側の角柱は、本体の柱を風雨から守るカバーみたいなものだろう。啓太では指までしか入らないから、細い香雨の手を可能な限り突っ込ませた。内側の丸太と外枠の四角柱には、角にイチョウ形の空間ができている。どうやら上まで吹き抜けているようだが、どの口からも鍵穴どころか細い亀裂さえ確認できなかった。丸太は四点で外枠と接している。その接点に沿うように、外側から太い金属の鋲《びょう》が縦に線を作って等間隔に打たれていた。大きな寺の門扉に打たれているような鉄の鋲だ。柱はしっかりと破風屋根に固定され、継ぎ目は蝶番《ちょうつがい》に似た金具で補強されていた。それほどまでに、この家の破風屋根は重いのだ。梁や桁に不自然な点はない。むしろ手抜きを感じさせないあたりが、郭の飾り屋根にしてはできすぎだった。拝懸魚の付け根に、外灯代わりの裸電球がついている。香雨に頼んで明かりをつけてもらうと、拝懸魚の透かし彫りが、波間から昇る朝日のような影を壁に映した。三本の波の曲線に日輪が浮かぶ図柄だ。日輪には太陽の黒点のようにチョンがついている。水滴の意味だろう。火事よけのまじないだ。懸魚には、元々水を呼ぶまじないが込められている。

よくできた玄関だった。大阪の遊郭は明治以降、何度も移築を余儀なくされたが、この家も例外ではなかっただろう。そしてきっと、この破風屋根は解体されずに、柱をくっつけたまま運ばれたのだ。無理に解体すると、補強のための金具が災いして、柱や梁に亀裂を作りかねない。

そっくりそのまま唐破風の玄関口を運んだのだとしたら、よく鬼瓦が割れなかったものだった。啓太は玄関から少し離れて、屋根を見上げた。獣の首だ。牙をむき出しにして大きく口を開けている。

結局、残るのは店の中だけだったが、さすがに本が多すぎて手のつけようがなかった。昼食には昨夜と同じカップラーメンを香雨が用意し、今度は啓太がカレー味を取ると、香雨はチキンスープ味をおいしそうに啜った。お互い、埃まみれの汗だくだった。

古い木造家屋の団栗楼に風呂はなく、啓太は香雨から場所を教えてもらい、開業時間になるのを待って銭湯へ行った。香雨は盥《たらい》で行水するから、と一緒に来なかった。

「これ、持って行ってください」と少女は啓太が別にしていた北原白秋の本を洗面器の上に置いた。銭湯で読書する趣味はないと啓太が返そうとすると、ここに置いていたらほかの本と紛れてしまう、と啓太の手を押し戻した。洗面器の中には和錠の鍵も入っている。あの若い母親から隠したいのだ。

『湯船にタオルをつけるべからず』

タイルの貼り紙を無視して、啓太は湯船にタオルをつける。平たく浮かべて両端から搾り、真ん中に空気を入れてプクンとやった。今の家へ引っ越すまでは啓太の家にも風呂がなかった。銭湯へ来ると必ずこれをやった。まだ幼かったから、親父と一緒に湯船に浸かり、いつも親父がプクンをやってくれていたのだ。くらげみたいに膨らむタオルが、どうしてあんなに好きだったのだろう。

　啓太は親父の古本屋稼業が嫌いだった。お祭りに行きたくても、夜店で親父が屋台を出しているから恥ずかしくて行けなかった。古本ばかりなのに、触るとこっぴどく叱られた。物差しで叩かれたこともある。太股や背中にミミズ腫れができ、学校で体操服に着替えられなくてお腹が痛いと仮病を使った。そうやって、いつも嘘で自分を守ってきたのだ。殴る親父におびえ、憎んだ。古書の価値なんて、子供に分かるはずがなかった。

　団栗楼は、そういう意味では平和な古本屋だろう。子供が触って損なわれる価値のある本はどこにもない。汚い店だと香雨は嫌っているが、啓太からすれば羨ましい。

　団栗楼に戻ると、鍵がかかっていた。ガラス戸を叩いても返事がなく、中に人がいる気配もなかった。香雨にメールを入れたが、返信はない。財布を持って出ていたから困ることはなかったが、例の鍵を預かったままだった。洗面器と石鹸も借りていた。仕方なく洗面器は、枯れた茎がつき出ている植木鉢の横に置いた。

　明るい日差しの中で改めて団栗楼を見上げると、ほとんど化け物屋敷だった。土壁の角が欠け、藁がはみ出している。傾いた軒は瓦がずれてぺんぺん草が生えているし、二階の屋根もたわんでいた。少し規模の大きい地震がくれば、あっけなく倒壊するだろう。拝懸魚に施された彫刻が、西日を受けて水平線から昇る日輪に見える。いい唐破風だ。この家を化け物屋敷に見せてしまうのは、老朽化が進んだ壁と、やたらと存在感を放つ破風屋根との、バランスの悪さのせいだろう。獣の首の鬼瓦が逆光の中で青みを帯びて光っている。開いた口に入り込んでいたスズメが、チチチと鳴いて飛び立っていった。

カタン、と音がした。振り返ると野良猫が錆びた郵便受けを蹴って路地へと逃げた。薄いピンクの封筒が郵便受けに刺さっている。

はっとして啓太は封筒を引き抜いた。

——カギのことはもういいの。いっしょに探してくれたのに、鳥にしてあげられなくてごめんなさい。香雨。

啓太は手紙を握り潰した。何がもういいだ。あの子は過酷な現実を受け入れようとしている。

《とけて流れりゃみな同じ》——情《なさけ》のかけろく、其乗懸《そののりかけ》をいかにかはせむ

啓太は大阪市内へ戻った。五日ぶりに店を開け、留守中に入った注文をさばいて大急ぎで発送する。迅速な対応が桃神書房の信用であり、店を継いでからもかたくなにそれだけは守っていた。天井までびっしり並ぶ古書に、この全てが父のプライドであり、生きた証しだと改めて思う。一冊売れても、すぐまた違う古書が隙間を埋める。親父はきっと、天国へ上る階段まで古書を積み上げて作るだろう。

机の上の茶封筒が指に触れ、今更のように中を覗いた。ムシカこと、鈴木が届けた封筒だ。何がムシカだ、鈴木。封筒には古地図のコピーが入っていた。親父が見込んだほどの目利きのあいつが、本物ならまだしも、こんなものを、どうしてわざわざ。

机の上にぶちまけると、数枚の江戸時代の大坂古地図と、稚拙な絵のコピーが散乱した。稚拙な絵は紙を縦にすると三本足のタコになり、横に向けると目玉が飛んでいるような感じになった。他のコピーが古地図だから、こんなものでも絵地図だろう。だとしても雑すぎる。丸描いてチョンはたぶん、大坂城だ。だとしたら三本の線は木

津川、淀川、大和川。いや、時代にもよる。大坂の陣以降だとすれば、三本線は運河、つまり堀だ。でもこの感じ、どこかで見た覚えがある。こう向けて、こっちに返して……。横向きじゃない。縦だ。三本線は川を描いたのではなく、「川」の文字そのものだ。そして丸描いてチョンは太陽をあらわす。つまり団栗楼の拝懸魚と同じ。

もしあの図柄が本当に日輪を表しているとすれば、その意味は日吉としか考えられなかった。つまり、豊臣秀吉だ。しかし真ん中についているチョンの意味が分からない。分からないという意味では、鬼瓦もひっかかっている。あんなに大きく口を開けていたら、簡単に瓦が欠けてしまう。

ふとそのとき、香雨の部屋にあったドラえもんのぬいぐるみを思い出した。デベソだ。よくよく考えると、ドラえもんにヘソはない。出っ張った脂肪太りの腹についているのはポケットだ。夢をかなえる魔法のポケット。あのデベソは、誰かが意図的にくっつけた夢をかなえる魔法の鍵を隠す場所……。

啓太は香雨にメールした。返信はない。電話番号を聞いておかなかったことが悔やまれた。苛々していると手の中で携帯電話が鳴った。飛谷の茶屋からだった。バイトのシフト変更を依頼する内容だった。

「どうしよう」

「時さん、落ち着いて。何があったん？」

朝っぱらから悲愴な声で電話をかけてきた時恵に、ムシカは胸騒ぎを覚えた。

「団栗楼よ。うちのバカ社長が買っちゃってたのよ。借金はそのためだったの」電話口で時恵が泣き崩れる。

自転車を飛ばしてチキの店へ行くと、時恵がテーブルにつっ伏していた。ムシカの気配に顔を上げたが、目が真っ赤だった。「万事休すよ」と涙声の時恵にいつもの元気はない。

「まさか、建物ごと？」ムシカは時恵の前にパイプ椅子を広げた。

「店の蔵書だけ。骨董屋が蔵の中身を全部買う蔵買いみたいに」

「いくらで？」

時恵は一本指を立てた。百万円の意味だ。

「今朝早く、久美さんが団栗楼へ行ったけど」

「時さんは行かんでええの？」

「あたしが行ったら、この店はどうすんのよ。ネット注文は細かく入ってくるし、毎週、拷問みたいに市があるし。あたしがいなくて、だれが日常の仕事をこなすっていいうのよ！」

時恵は乱暴に立ち上がり、給湯室へ入った。カチッとガスを捻る音と一緒に、やるせない溜息が聞こえてくる。事務所の天井には、三日前までなかったロープが綾取りの糸のように張りめぐらされていた。ロープには子供のシャツや靴下、タオルやパジャマといった洗濯物がぶら下がり、部屋の隅には布団が積み上げられている。久美子が子供を連れてここで暮らしているのだ。

「市に出す括りやったら、僕が作りますよ。そやけど来週は高額書籍が並ぶ鳳凰界の市やし、この店の本はあまり出せませんよ」

「そうね、こんなときに限って鳳凰界の市。団栗楼からも大量に届くっていうのに」

時恵はだるそうに二人分のコーヒーを置いた。

「チキさんは？」

「逃げたんじゃない？　お宝がなかったから」

「何も、決め付けんでも……」

「いい加減、そうやって少し離れたところから心配するのは、やめてくれない？　そりゃ、あんたは親切で、頼まれたら嫌って言えないいい奴よ。だけど、本当に困っているときは何にもしてくれないじゃない。ずるいのよ、どいつもこいつも。何が芸術よ、古本屋はパフォーマンスよ。夢じゃコンビニのおにぎり一個、買えないんだからね」

「僕は食パンの耳でも、平気ですよ」

「だったら一生、食パンの耳を齧ってれば？　ロマンだかマロンだか知らないけど、ロマンでも腐って蛆虫がわくのよ。男が何ぼのモンよ」

「ただみたいなモンです」

「喧嘩、売る気？」

「女性に比べたら、男はずっと意気地なしで弱虫ですから」

「だったら殺虫剤をぶっかけてあげましょうか？　あんたのぶっといイモムシに」時恵はムシカの股間めがけて足を蹴り上げた。

「わっ、うそ。ごめんなさい」

ムシカのポケットで携帯電話が鳴った。助け舟とばかりにムシカは電話に飛びついた。時恵が怖い顔で睨んでいる。「分かりましたよ、僕が団栗楼へ行きますから」とムシカはとりあえず時恵に約束し、背中を向けて電話に出た。理香子は時恵が自分に惚れていると言ったが、絶対に嘘だ。

着信は未登録の番号だった。ムシカは時恵を気にして小声になった。

「もしもし？　え？　警察？」

ぱっと時恵がこっちを見る。ムシカは言葉を選んで手短に電話を切った。


ムシカが天王寺西警察署に駆けつけると、刑事に付き添われた啓太が仏頂面で出て来た。覚せい剤取締法違反の容疑でパクられたのだ。飛谷の茶屋のガサ入れで、啓太だけが逃げなかったらしい。茶屋で啓太は清掃のバイトをしていたようだが、ムシカには寝耳に水の話だった。娼婦の誰かが逃げる時、啓太の荷物にヤクを隠したのだ。もちろん、すでに容疑は晴れていた。

「バイトって、なんでやねん、啓ちゃん」

啓太は白けた表情で壁の染みを眺めている。人を寄せ付けない進学塾のエースの顔つきとも違っていた。釈放の手続きが済むと、さっさと啓太は歩き出し、外に出ると走って逃げた。ムシカは素早く追いかけて啓太を捕まえた。かけっこでチビメガネが自分に勝てるはずがなかった。

「なんで逃げんねん、人を呼び出しておいて」

「お手数をおかけしました、すみません」ヤケのように啓太は言い、ムシカの手を振り払った。

「友達やねんから、助けるに決まってるやろ。アホ」

「友達？」

聞き返されてムシカは、はっと手を下ろした。駐車場にシルバーグレイのアウディが停まり、慌てたように高津が降りてくる。梅雨の鈍い陽光を受けて、アウディがいぶし銀の輝きを放っていた。

「何やっとんじゃ、お前らは」

高津は子供を叱るように、二人の頭をぽかぽかと殴った。「ええから、はよ乗れ」と二人を後部座席に押し込み、発進させる。並んで座りながらも二人は、お互いに体を左右のドアに寄せ、相手を見ようともしなかった。高津はバックミラーに目を上げ、「お子ちゃまやな」と溜息をつく。「飯でもどうや」と少し遅い昼食に誘うと、二人は声を揃えて断った。啓太は中之島を挟んで流れる堂島川の手前で車を降りた。

「まあ、ええわ。お前はちょっと付き合え」と高津はムシカに言い、店がある江坂方面へと新御堂筋を走った。警察での詳しい事情は聞かなかった。そんなことは、どうでもよかった。高津は二十二年前の夏の日を思い出していたのである。高知へ仕入れに出ていた恒夫の代わりに、啓太が保護されたコンビニへ駆けつけたのは高津だった。中津川河川敷の花火大会の日だ。まだ日のあるうちからボンボンと空砲が上がり、高津は自分の家族と一緒に啓太を連れて行くつもりでいた。なのに、あのアホは……。怖い顔で睨みつけているコンビニの店長の前で、啓太は姿勢を正して座っていた。おびえた様子はなく、膝の上で揃えた手に、力すら入ってなかった。窓から聞こえる花火の音が一際大きくドーンと響くと、啓太の唇が少し緩んだ。何かに満足している顔つきだった。高津にしてみれば、満足もへったくれもない。どうしてよりによって、てっぺんにピンクの熊ちゃんが付いたボールペンなんか万引きしなくちゃならないのだ。

店に着くと高津はムシカを会議室で待たせ、地下書庫から紫色の縮緬《ちりめん》の風呂敷包みを大切そうに抱えて戻ってきた。「宝探しはどないなってんねん?」とムシカに聞き、そおっと机に風呂敷包みを置く。団栗楼の本をチキが全部買い取ったとムシカは話した。

「金もないのに、やることが豪快やな。まあな。立ち退きが決まったから焦ったんやろうけどな」

「立ち退き?」

「駅前開発が始まるらしいで。お役所仕事やから、焦らんでも着工なんかずっと先やろうに」

「知ってはったんですか？」

「んなもん。役所で聞いたらすぐ分かるがな。ほんで、何が出て来てん？」

さあ、とムシカは苦々しく首を傾げる。何もかもお見通しの高津に、不信感を覚えないでもなかった。

「なんもないんか？　情けない。メ～探偵コショタンの爪の垢でも煎じて飲んどけ」

しかし口ほど責めているわけではなく、というか、ほとんど上の空で、風呂敷包みの前で手もみしていた。高津はニヤニヤしながら結び目を解く。

ぼろぼろの文箱が出てきた。丸描いてチョンが入っていた漆塗りの箱ではない。西陣の帯のような織物が表面に貼られている古い木箱だ。古すぎて織物の元の色が分からないほど傷んでいる。なんだ、これ？　とムシカは強く瞬きした。瞬きしてもやっぱり汚い。「で？」と高津がついでのように話の続きを催促する。ムシカは木箱に気を取られながらも、チキも遊郭に目をつけていたと話した。「高津さんとの違いは、遊女の心を慰めていた西鶴や近松の読み物を見つけることでした。そういった古典籍をごっそり隠し持ってたんが団栗楼やと」

「近松なあ。そやけど当時はそんなもん、普通に出回ってたからなあ。まあ、ええわ。それで、結局、空振りか」

高津はハンマーを出してきて、舌なめずりしながら文箱に向かって振り上げる。

「な、何をしはるんですか」

「まあ、見とけ」

「それって、もしかして鬼札で落とした……」

バン！

「あっけないなあ。ばらばらや。バッタモンはもろいなあ」

高津は手で煽って臭いを嗅いでいる。ほんのり甘い香りが漂う。

「香木やないですか。なんで壊しはったんですか。これだけでも高値がつくのに」

「バッタモンやて言うたやろ。それに、これ、香木ちゃう。防虫剤の臭いや」

高津は組み板細工になっている砕けずに残った箱の縁を指でほじり、黒っぽい小さな塊をピンセットでつまみ出した。それを掌に載せ、キュキュッとシャツの裾で磨く。そして、あっはっはと大声で笑った。

「高津さん？」

「見てみ、秀吉の金歯や。さすが太閤さんやな、バテレンに作らせよってん」

……金歯？　これが高津の探していたお宝？

「そやけど、箱はバッタモンやって……」

「太閤さんの隠し財宝は、これが貴重な証拠になんねん。たぶんいろんなものの中に、ばらばらにして埋め込まれとるんやろ。時代を越えて、入れ物も火事のたびに替えて、結果この箱や。偶然出てきてん。匂い、かいでみ。装飾しとる布から白粉の匂いがするやろ？　おいらんの帯の匂いや」と高津は布が貼られている文箱の木片をムシカに渡した。確かに木は匂わない。でも、それじゃ、何のために自分たちは……。

「なんや？　しけた面して」

「最初から、アジサイフェアに出てたってことですよね。だったら、何で僕らをけしかけはったんですか」

「けしかけた？　何の話や」

「最初からどこにあるんか分かってたんなら、古地図なんか関係ないやないですか。チキさんかって、借金することもなかったのに」

「あのな、金歯も、賭けやってん。ヤマ師の勘や。まあ、ええわ。ええから今は、桃神へ行ったれ。啓太が頼ってきよったんや。何が宝かまで、俺に言わすな。ほんま、じれったいな」

「別に僕らは……」

「ええから、はよ行け」

振り回されて不快な気分のままムシカが会議室を出ようとすると、「理香ちゃんな、来週の火曜日には東京へ戻るらしいで」と高津が大声を張り上げた。

階段を降りてゆくムシカの足音を聞きながら高津は、ほんま、じれったいな、と繰り返した。今回が最後のチャンスだと高津は思っている。理香子が帰京したら、次はない。ちゃっちゃと腹を決めんかい。なあ、太閤はん。高津は山吹色に光る秀吉の金歯にうっとりする。

啓太が週明けの市に出す本の準備をしていると、いきなりムシカが店に入ってきた。駅から走ってきたのか、ハアハアと荒い息をしている。何？　と啓太は顔をしかめた。「何でやねんな、啓ちゃん」と前置きなしにムシカが言った。

「そっちこそ、何だよ」

「だから、そうじゃなくて。言いたいことがあんねやったら、ちゃんと言えよ」

「はあ？」

啓太は意味が分からずにぽかんとする。だが、すぐに相手にする気もなくなり、段ボール箱に市に流す本を詰めた。

「いや、悪いんは僕らや。理香にしても……。って、面倒くさいな。昔のことなんかどうでもええやろ、チビメガネ」

「チビメガネ？　何言ってんだよ、さっきから」

「言葉が足らんのはお互い様や。だとしても、風俗通いのことまで嘘をつかんでもええやろ。しかも清掃のバイトって」

「時給がいいんですよ。それに、誰かと組むわけじゃないから、煩わしい人間関係もないんでね」こういうのが鬱陶しいのだと啓太は思った。

「ほんなら、そう言え。隠すから変に誤解されんねやろが」

「隠す？　そっちが勝手に、あることないことでっち上げて噂してたんでしょうが」

言われてみれば確かに啓太は否定しなかっただけで、遊んでいるとは一言も言ってなかった。「用がないんなら、帰ってもらえませんか」と啓太はムシカの前をわざと通って棚の本を抜く。「バイトなんかして、欲しいもんでもあるんか？」とムシカが本棚の前に立ちはだかると、啓太は呆れるような溜息をついた。

「売れないんですよ、本が。それくらい同業者なら分かるでしょ」

「だからって、何もバイトなんか」

「店を開けているだけでも、うちはやたらと金がかかるんでね。商売する以前に赤字ですよ」啓太は邪魔だとばかりにムシカを押しやった。

そういえばムシカがバイトしていた頃もここは、梅田の一等地に建つビル並みに税金や管理費が高かった。淀屋橋は商業の中心街だ。高くても無理はない。そういった維持費を払い続けているのも桃神書房のプライドだと、おやっさんは言っていた。

「今度、コショタンの着ぐるみに入るバイトがあったら、こっちへまわしてもらえませんかね」と他人事のように啓太が言う。そんなにキツいのかとムシカが聞くと、啓太は溜息だけでそれに答えた。

「二人で桃神を建て直そう。僕もここで働くから」ムシカは言った。思い付きではなかった。本当はずっとそうしたかった。

「来てもらっても、給料を払う金なんかありませんよ」

「金の問題とちゃうやろ」

「金の問題なんだよ」

啓太はガムテープを取ろうとして手を伸ばした。その指先が机の上の茶封筒に触れ、落としてしまう。

封が開き、古地図のコピーが床に散った。ムシカが持ってきた古地図だ。それぞれには赤鉛筆で印が付けられている。火災で焼けた範囲だった。言われなくても啓太は歴史上の大火に目をつけていたのだ。丸描いてチョンの絵地図にはメモまで書き添えられている。しかし違うと思ったのか、黒く塗りつぶされていた。

「一緒に探そう、仲間やねんから」

ムシカは勢いに任せて啓太の肩を摑んだ。啓太が、またか、という顔でその手を振り払う。ムシカも自分の臭いセリフに気づき、決まり悪く一歩下がった。跪いてコピーを拾い集める格好が嫌だった。封筒を机に戻しても、啓太はわざとのようにこっちを見ない。「なあ、啓ちゃん」ともう一度ムシカは言った。啓太は無視した。しかたなく、高津が秀吉の金歯を見つけたと一人で喋り、チキが団栗楼の本を全部買い取ったことも付け足した。啓太には意味が分からないだろうと思ったが、報告の義務は感じていた。

ところが、「買い取った？」と啓太がびっくりしたように顔を上げた。まさかの反応に、「やっぱり団栗楼を知ってたんやな」とムシカは詰め寄る。

ぱっと啓太は背中を向けた。白々しいまでに淡々と市に出す本をまとめ、段ボール箱に詰めてゆく。白洲正子の「西行」、竹久夢二挿画の「金色夜叉」、安部公房「壁」の初版本に……。

「ちょっと待てよ、啓ちゃん」

ムシカが止めようとすると、啓太は素早くガムテープで段ボール箱に封をした。拒絶されたムシカの手は行き場を失い、下ろせない。啓太に答えられるはずがなかった。中途半端な情報を流すと、こいつらは〝みんな〟で考えようとする。その結果、間違いなく騒ぎを大きくするだろう。啓太はまだあの家の唐破風の秘密に、確信がなかった。

《おおはだけ、めそを誰が吟味する》――アホか。んなもん、誰がいちいち勘ぐんねん

ムシカは何ともいえない嫌な感じに何度も桃神書房を振り返った。そして、その足で団栗楼へ向かうものの、団栗楼のことはあまり真剣に考えていなかった。啓太が嫌いなわけじゃない。しかしあいつといると、嫌な自分が出てしまう。難波で南海本線に乗り換えたときはまだ日は高かったが、ローカル線の終着駅に着くと血糊のような夕焼けが梅雨の中休みの空を染め抜いていた。ぬるい潮風が生臭くじっとりと肌に纏いついてくる。

団栗楼には鍵がかかり、久美子も帰った後だった。中に人がいる気配はない。周囲の長屋も空き家なのか明かりが灯っていなかった。通りに紙くずが散らばっている。古い雑誌の破れたページだ。久美子は仕分けせずに、ごっそりそのまま運んだのだ。

無駄足の疲れを引きずり、ムシカは駅へ戻った。ちょうど電車が到着し、学校帰りの高校生たちがパラパラと降りてきた。その中に啓太の姿を見つけ、ムシカは慌ててトイレに隠れた。後をつけると、やっぱり啓太は団栗楼へ向かった。家の前で立ち止

まり、ゆっくりと屋根を見上げる。そしてそのまま動かなかった。宵闇が少しずつ色濃くなり、星の数が増えてゆく。隠れているムシカには、一分が一時間にも感じられた。拷問のような時間だった。

啓太は完全に夜の帳《とばり》が降りるまで待っていたのだ。辺りが闇に溶け込み、空き家の長屋が屍の態を呈して、誰もここを通りたくないと思う時間まで。夜風が電車の音を運んでくる。相変わらず港町の湿った風は生臭い。

啓太は大きく息を吸い、窓の桟を固く握って足をかけた。明かりはつけなかった。用心にこしたことはなかった。

見かけより、家はずっと傷んでいた。弾みをつけて軒に手をかけると、桟がバキッと割れた。どうにか軒に登ったものの、嫌な感じに瓦がずれ、立って歩くことができない。ヤモリのように這い蹲《つくば》り、鬼瓦を目指したが、この家の唐破風は思った以上に反りが深く、鬼瓦を繋ぐ筒状の瓦に爪先をつけようとしてもツルンと滑った。どうにかやっと鬼瓦にたどり着き、尾根部分に跨る。ポケットに忍ばせていたペンライトで照らすと、鬼瓦がキツネの頭だと分かった。

お稲荷さんの狐だ。開けた口の奥に、喉仏のようなビー玉大の珠がくっついている。その珠を囲むようにドーナツ状の窪みがあった。ただし一ヵ所が視力検査の輪のように切れている。強いて言うなら、円に近い形をした勾玉だろうか。狐は宝玉を咥えて天狐になる。宝玉とはもちろん勾玉。

少女の鍵を差し込むような細い鍵穴は確認できなかった。あるわけがない。啓太はやっと全てが飲み込めた。香雨の鍵は複式錠の鍵だ。あのスプーンみたいな鍵を錠前に差し込めば、ネジ撥条《ばね》が跳ねてカラクリ人形のように勾玉形に形状変化する。それをこのキツネの喉の奥にある窪みにはめ込めば、本錠が開くのだ。本錠とは、もちろんこの鬼瓦。その証拠にこの鬼瓦は金属でできている。触ったときから気づいていた。叩くと鈍い金属音が返ってくる。ただし、首と、頭のてっぺんでは音がちがう。てっぺんは鈍く、首の音は甲高い。つまり低い音の部分だけが空洞で、その下はずっしりと何かが詰まっているということだ。

この家は、間違いなくかつての郭だ。江戸時代、郭には客引きの傀儡《くぐつ》師がいた。カラクリ人形を使って客の興味を誘い、郭へ引っ張り込む。郭が鍵にカラクリ人形の仕掛けを応用したとしても不思議じゃない。

啓太の胸が高鳴った。鬼瓦、と心の中で呟く。こいつはただの鍵じゃない。鍵でありながら、金庫だ。そしてこの金庫はキツネに勾玉を咥えさせると仕掛けが外れ、中に詰まっているお宝が筒形の瓦を通って破風屋根へと流れるだろう。お宝は二本の柱に分かれて落ち、獅子の口が一気に吐き出す。フィーバーしたパチンコ台のように。

玉の色は金だろうか、銀だろうか。これほどまでに手の込んだ隠し方をしているのだ、銀の確率は低い。金だとすれば甲州金のようなおはじき形の粒か、砂金だ。小判では柱の隙間を流れない。かつて中国の豪族は、器を作る際に砂金を詰めて素焼きにし、溶解度の違いを利用して財を隠した。唐招提寺の盧舎那仏《るしやなぶつ》も、指の付け根に如意宝珠が埋め込まれている。埋蔵金が土に埋まっているとは限らない。秀吉の金かもしれなかった。大坂城が落城する際、どさくさに紛れていろんな輩が金を盗み出している。武将に限らず、忍びはもちろん、足軽でさえ運がよければ盗むことは可能だった。その零れ金錠を、昭和初期に蜆漁の漁師が淀川分流の大川で掘り当てている。菊と桐の極印《ごくいん》が押されていれば、干し芋みたいな金が、一本、一億円だ。

鬼瓦を開錠する鍵は、ドラえもんのデベソの中にあるに違いなかった。デベソには黒いボタンでチョンがついている。拝懸魚も、ムシカが持ってきた絵地図のコピーも、丸描いてチョンだ。鬼瓦の奥の喉仏のような珠にしても、見ようによっては丸描いてチョン。全ては丸描いてチョンを示している。

ブルドーザーで家ごと破壊しない限り、これだけ柱と一体化した破風屋根を壊すのは無理だった。開錠するしかない。ただし取り出せたとしても、怪しまれずに重い金を運ぶのは至難の業だ。協力者が欲しい。

登る時より慎重に啓太は屋根から降りた。爪先が地面に着き、やっとほっと緊張を解く。そのとき、「啓ちゃん」と声をかけられた。心臓が止まるほどびっくりした。暗がりの中にムシカが立っていた。

「何してんねん。屋根なんかに登って」ムシカはじりっと間隔を詰めた。屋根の上でごそごそしていた啓太をずっと見ていただけに、裏切られた気分だった。啓太は驚きを誤魔化すように苦々しく口を拭っている。弁解するならまだしも、笑っているのか肩が揺れていた。ムシカは悔しさのあまり、ぎゅっと固く拳を握る。

気持ちは言葉にしない限り相手に伝わらない。啓太は絶妙なタイミングで現れたムシカに、神にからかわれているような気がしていたのだ。協力者が欲しいと思った時、ムシカの顔が浮かんだ。するとこいつが目の前に現れた。ただ、これまでのいきさつから、どう切り出せばいいのか分からなかった。

啓太とムシカは別々に団栗楼をあとにした。しかし乗る電車は一緒になり、決まり悪さから二人は前後の車両に分かれて座った。ムシカは殴ったことを後悔していた。ちらちらと隣の車両に首を伸ばしては膝の上で組んだ手に視線を戻し、指を開きかけては握りなおした。啓太は切れた唇を気にせずに、正面の窓を見詰めている。相変わらず生気のない目は、窓に映る自分の虚像を蔑んでいるようにも見えた。ムシカは啓太が、殴り返してくるものとばかり思っていた。

その夜、啓太は香雨にメールを打った。内容は箇条書きにした。そのほうが分かりやすかった。

①ドラえもんのデベソの中を探ること。そこにカギ穴がついた鉄の部品みたいなものが入っています。それがジョウマエです。

②ジョウマエにカギを差し込むと、切れたドーナツ状の「輪っか」に変わります。少しゆがんでるかもしれません。でも、それが第二のカギです。そのカギ穴は玄関の屋根にのっかるキツネの形をした瓦の口にあります。

③「輪っか」をキツネの口のくぼみにピッタリはめ込むことができれば、口が閉じて、本体の〝しかけ〟が外れます。

＊注意：僕が行くまで一人で屋根に登らないこと。もしドラえもんのデベソに何もなくても、うろたえないこと。瓦を意識しすぎて、お母さんにバレないこと。

小学生でも、あの子のことだ。ちゃんと理解するだろう。あの家の狐と破風屋根には、お宝が詰まっている。太い二本の柱を伝って獅子の口から流れ出る。だから香雨の祖父は、鍵を握り締めて死んでいたのだ。母親への憎しみからであろうと、香雨が鍵を隠したのは正解だった。

ビールを飲もうとして口の鈍い痛みに、つっ、と啓太は唇を押さえた。鏡で見ると唇が切れていた。痣《あざ》にもなっている。あいつ、思いっきり殴りやがった。

翌朝、啓太は団栗楼へ向かった。一晩氷で冷やしたおかげで痣はかなり薄くなったが、傷の痛みは残っていた。バンソコはよけい目立つから貼らなかった。いっこうに香雨からの返信がない。ゆうべと同じメールをもう一度、電車の中から送った。

団栗楼は鍵がかかっていた。内側から白いカーテンも引かれていた。次の日も、やっぱり誰もいなかった。ところがその翌日、時間をずらして夕方に行くと、ギャル化粧の香雨の母親が自転車でやってきて、啓太に気づいて逃げようとした。啓太は自転車の荷台を引っ張って捕まえた。香雨の居場所を問い詰めると、自分はここを借りているだけだとふざけたことをほざいた。

「本当よ。借りてるのよ、あたしはあの鬼っ子から」

「娘だろ、君の」

「井戸の鬼っ子よ。あんな子、産まなきゃ良かった。変な霊に取り憑かれてんのよ。あたしだって怖いんだから」

香雨の母親はお稲荷さんの祠を振り返り、つられて啓太も顔を向ける。その隙を突いて香雨の母親は啓太を突き飛ばし、逃げてしまった。夕闇の中で祠を守る白狐がこっちを向いて睨んでいた。

月曜日になり、浪華古書会館では恒例の月曜市が開かれた。今週は鳳凰界主催の市で単価の高い本ばかりが並ぶから、ムシカが所属する一番星クラブのメンバーたちは、入札会の準備を終えると早々に帰ってしまった。しかしムシカは帰ることができない。鳳凰界の高額入札市にもかかわらず、ゴミのような雑誌や文庫本の括りが通路をふさいでいた。久美子が出品した「団栗楼」の本だ。そしてもちろん、桃神書房の本も大量に出ている。店の看板にしていた最高額の本まであった。高津も桃神書房の本が気になるのか、ちらちらと啓太に目をやっている。啓太はいつも通り興味なさそうな表情で、入札するでもなく、棚の間を歩いていた。殴られた跡はほとんどわからなくなっていたが、ムシカと擦れ違っても知らん顔で通り過ぎた。啓太は鬼瓦のことで頭がいっぱいだったのだ。今更ムシカに手伝って欲しいとは頼めない。そんな啓太の心のうちが、ムシカに分かるはずがなかった。

「ごめん」

ムシカは啓太の前に体を入れた。ぽかんとする啓太に、ムシカはもう一度、ごめん、と頭を下げた。何事かとみんながこっちを向いた。

バカか、こいつは、と啓太は思った。組合事務所のお姉ちゃんに冗談をかましていた高津も、こっちを見ている。啓太は何も言わずに会場から出た。この状況で何が言えただろう。

ムシカが追いかけてきた。仕方なく啓太は階段の途中で立ち止まり、聞こえよがしの溜息をついてやった。ムシカはいい奴だ。古物、古美術品に目も利くし、信用することもできる。しかしこの手の輩は、全くの善意から人を悪人にしてしまう。

啓太が振り返ると、ムシカはまた謝るつもりか唇を動かした。「そういうの、やめてくれませんか」とさすがに啓太は言ってやった。ところがムシカは、「理香のことやけど」と予想外のことを口にした。啓太は次の言葉が出てこない。「明日には東京へ戻るんやて。宿泊してるホテルは、前に教えたよな。会わへんのか?」

どうして啓太に答えることができただろう。会いたくないわけじゃない。しかし恋と呼べるほどの確かな気持ちを、自覚しているわけでもなかった。「お宝は、見つかったんですか」と啓太は動揺を誤魔化したくて聞いた。そうすることで少し気持ちが落ち着いた。「お宝?」とムシカは、今更、という顔をする。そっちが本題だ、と啓太は言いたかったが、「はぐらかすなよ」とムシカに言われ、話はそこで終わってしまった。

桃神書房のめぼしい本は、ほとんど高津が落札した。前の市では啓太に対する思いやりが金額に出ていたが、この日の高津はシビアだった。テッパらないぎりぎりのラインを見極めた額だ。「こんな形で、お宝が出てきよったか」と高津の表情は険しい。啓太は売りだけで、仕入れをしていない。高津は二度、啓太のトメ札価格にひっかかった。涼しい顔で横を向いている啓太に高津が腹立たしげに舌打ちする。


市での会計が済み、事務所で売れた本の入金価格を確認した啓太は、早々に浪華古書会館から出た。とりあえず入金予定額を店の口座からおろし、自分名義の口座に移し替えて団栗楼へ向かう。介護施設の費用は、親父の年金と店の口座に残っている仕入れ資金で当面はまかなえるはずだった。

団栗楼のガラス戸の白いカーテンが開いていた。鍵がかかっていなかった。中に入ると、何もかもがなくなり、拍子抜けするほどガランとしていた。板の間への上がり口に、巨大なドラえもんのぬいぐるみがこっちを向いて座っている。

「こんにちは」とドラえもんが手を振った。もちろん香雨が操っているのだ。ドラえもんの後ろからお下げ髪が覗いている。

「何度もメールしたんですよ」と啓太はドラえもんの方へ寄った。

「ごめんなさい」とドラえもんの腕が謝るように下がる。ぬいぐるみのデベソがもぎ取られていた。メールに書いた通り、香雨はちゃんと中を探ったのだ。何か出てきたのかと聞くと、暗い表情で少女が顔を出した。ちっちゃな手が、ジャンパースカートのポケットから肉まんみたいなデベソを出す。

「何もなかったんですか？」

コクリと香雨が頷いた。

「もともと、ほつれてたし」

「ほつれてた？」

啓太はドラえもんのデベソの臭いを嗅いだ。詰め物の綿から錆びた鉄の臭いがする。

「ほつれてたって、いつから？」

香雨は俯いてぎゅっとスカートを握った。母親にドラえもんを捨てられそうになった時、引っ張り合いになったせいで、一度、デベソがもげたらしい。中からきちゃない何かがボトンと落ちたが、母親が癇癪を起こして窓から捨ててしまったのだ。香雨は慌てて探しに行こうとした。ところが「誰や、投げたんは」と通りから怒鳴られ、怖くて外に出られなかったという。空き缶をつめたビニール袋を引きずって、ホームレスが通りを曲がってゆくのが窓から見えたようだった。もげたデベソは香雨が自分で縫い付けたのだ。

啓太は預かっていた鍵を少女に返した。少女は無表情にジャンパースカートのポケットに入れる。この子のポケットの方が、よっぽどドラえもんのポケットだった。

少女は諦めたように「早く引っ越さなきゃ」と顔を上げた。市が駅前開発に乗り出したらしく、この辺りも立ち退き区域に当たるようだった。大阪市近郊の、自然が残るベイエリアだ。まともに考えれば当然だろう。売却価格を吊り上げるために母親はまだ粘っているようだが、売買契約を交わすのは時間の問題だった。

家の所有権が市に渡る前に、是が非でも鬼瓦からお宝を取り出さなければならなかった。こんなことならムシカに話しておくべきだった。啓太はムシカに電話しようとした。しかし香雨がそれを止めた。「もう、いいの」といろんなことを諦めて首を振る。

「君一人じゃ、あの鬼瓦はどうにもなりませんよ」

香雨はぬいぐるみの手をバイバイと振る。

「時間がないんだ。このドラえもんが役に立たないのは、君だって知ってるでしょ」

「何でも出てくるポケットがあるもん」

「こいつには、デベソしかないじゃないですか」

香雨が涙ぐんだ。きつく言い過ぎたかもしれなかった。現実を突きつけるのは確かに酷だろう。啓太は香雨に預金通帳とハンコを握らせた。確実に屋根のお宝を取り出せるとは限らない。せめて確かな物をこの子に渡したい。もちろん通帳の金は、慈悲ではなかった。自分の足かせを外す金だ。桃の木の呪力で灰をまいて花を咲かせる花咲じじいは、桃神と呼ばれた。ゆえに啓太の父は金の花を咲かせたくて屋号を桃神書房にした。それを息子の自分が神（紙）をさばいてゼロにして、何が悪い。

「お母さんに見つかっちゃいけないよ。このお金で高校へ行きなさい」

「こんなの、いらない」

「いいから、しっかり握って」

「だって、掃除屋さんを鳥にしてあげられなかったもん」

「とっくにカモにされてますよ」

自分で言っておきながら、啓太は噴き出した。そう、カモだ。カモだって鳥だ。命がけで大陸を横断する渡り鳥。

帰り際、啓太は父が入居する介護施設に寄った。しかし自動扉の前で足が止まり、中に入ることができなかった。結局、そのまま電車に乗り、谷町六丁目の浪華古書会館へ急いだ。ムシカのことだ、まだ残っているだろう。集団の中で楽しくやれるあいつは、いつだって後片付けを手伝っている。思ったとおり、搬入口の前で段ボール箱を解体していた。ところが、声をかけようとすると、周囲の目をはばかるようにチキが路地からちょろっと顔を出し、ムシカを引っ張って行った。本を載せたワゴンを引いて買得堂のボンが搬入口から出てくる。啓太に気づき、何しに来てん、という目を向けた。啓太は逃げるようにその場を離れた。この世界は、自分を必要としていなかった。

その夜、家に戻ると啓太は、半ばヤケになって窓という窓を開け、縁側の雨戸も開けて湿気臭い空気を外に流した。開けたところで蒸し暑さは変わらなかったが、心を締め付ける圧迫感が少しゆるんだ。空に下弦の赤い月が昇っている。鈍い月明かりを受け、庭が間抜けなほど広く見えた。庭を覆っていた伸び放題の夏草がない。

びっくりして庭に降りると、つっかけの爪先がピンクの象のジョーロを蹴った。コロンとピンクの象のジョーロが転がる。柚子の木の根元に花が植えられていた。ニチニチソウだ。二年前も、子供の頃もこの花だった。そういえば、プラットホームのベンチに座っていた理香子の足元が泥だらけだった。こんなこと、しなくていいのに。

二年前、三人で草取りをした後、鈴木が玄関におきっぱなしにしていた花の苗もニチニチソウだった。お蔭でせっかくの楽しい時間が、パンと弾けて消えてしまった。ビビデバビデブーの魔法が使えたら、間違いなく朝顔か何かに変えただろう。二人とも黙々とニチニチソウを花壇に植えた。植え終わると理香子は帰ってしまった。よりによって、どうして鈴木はニチニチソウなんか選んだんだろう。小学生の頃、荒らされたクラスの花壇に新しく植えられたのも色とりどりのニチニチソウだった。あの日、水やり当番だった啓太は、いつもより早く学校へ行った。ところが既に誰かが花壇の中でしゃがんでいて、近づくと委員長の理香子だと分かった。あの時の緊張は今でもはっきり覚えている。ずっと好きだったのだ。かわいくて、やさしくて、みんなの人気者の委員長が。理香子だけがいつも自分に声をかけてくれた。フォークダンスで手も繋いでくれたし、一人ぼっちで昆虫図鑑を眺めていると、一緒にページを捲ってくれた。彼女は優等生の口ぶりで、スモール・キャベツ・ホワイトを大人になったらアメリカへ採りに行きたいと言った。ただのモンシロチョウだ。花壇の中でしゃがんでいた理香子は、いつもと様子が違っていた。蕾をつけたばかりのキンギョソウやサルビアを片っ端から引き抜き、足で踏み潰していたのだ。啓太はうっかりジョーロを落とした。びっくりして立ち上がった理香子は鬼の形相で啓太を睨み、突き飛ばして逃げていった。教室へ入ると、理香子はいつも通り友達に囲まれて笑っていた。

あんな昔のことを、ずっと気にしていたのだろうか。啓太は理香子を恨んでなんかいない。むしろ、みんなに慕われている美少女の委員長が、クラスの花壇を荒らすほど堪えられない怒りをもっていたと知って、嬉しかったのだ。あのときの理香子は自分と同じ臭いがした。孤独の臭いだ。やり過ごしてきた言葉は無数にある。ありすぎて、片っ端から忘れてしまう。そのツケが将来巡ってくるとも気づかずに。

花火大会の夜、どうして彼女がみんなからはぐれて河川敷を離れ、ボールペンなんか万引きしたのか、今でも理由は分からない。花壇を壊したときの理香子とも違っていた。心配になってあとをつけると、彼女はコンビニへ入り、ふてぶてしく女子大生が読むようなファッション雑誌をペラペラとめくった後、文具の棚からボールペンを盗んだのだ。てっぺんにピンクの熊ちゃんが付いていた。啓太が恐る恐る声をかけると、理香子は、盗んだボールペンを啓太に押し付けて店から飛び出した。コンビニの前に停められていた自転車にぶつかって派手に転んだのは、もちろん事故だろう。追いついた啓太が手を貸そうとすると、「お前なんか、死ね」と唾を吐いた。理香子は左手に怪我をしていた。血は流れていたが深いというほどの傷でもなく、にもかかわらず動転して震えていた。

鈴木が理香子を探しに来なければ、自分はどうしていただろう。鈴木の姿を遠目で見つけた時、捕まえに来たコンビニの店員に啓太は「ごめんなさい」と熊ちゃんのボールペンを突き出した。理香子の代わりに事務所へ連れて行かれても、ヒーローになれた気分だった。

鈴木のバカだけが、なにも分かってないんだよなあ。

もちろん大人になったからといって、心の中がすっかり変わったわけじゃない。強い光はまだとても痛い。でも、僕らは友達だったんだ。

啓太は赤紫のニチニチソウを一本摘み、香雨がくれた北原白秋の「邪宗門」に挟んだ。見つけた時、詩の好きなムシカを何となく思い出していた。できれば渡してやりたかった。しかし、渡せない自分も知っていた。

デイパックに当面の着替えを詰め込み、「邪宗門」も一緒に入れた。庭に出て花壇の花にたっぷりと水をやり、ムシカ宛に団栗楼に隠されたお宝の取り出し方についての詳しい説明を書く。みすみす役所にくれてやる必要はなかった。駅前工事の着工に、どれだけ猶予があるのか分からない。ずっと先かもしれないが、治安上、空き家エリアだけはそれなりに整備するだろう。香雨のことを書いておけば、ムシカならきっとちゃんと分け前を渡してくれる。啓太は宝が欲しいわけではなかった。欲しくはないが、せっかく見つけたのだから、仲間が取り出すべきだと思っている。それはシンプルな欲だった。しかし気づいていなかった。自覚していれば、もっと積極的に生きることができたかもしれない。

説明書を書き終えると、ムシカに電話を入れた。概略だけでも伝えておくつもりだった。ところが予想に反してチキが応答し、戸惑った啓太は「明日の朝、うちへ来てください」と言うのがやっとだった。「もしもし、啓ちゃん」とチキから電話を取り上げたムシカの呼びかけがまだ耳に残っている。それを消したくて啓太は金槌で携帯電話を壊した。

お宝の説明書は四つ折りにしてピンクの象のジョーロに入れた。そしてもう一通、「庭の花に水をやってください」とメモを書き、玄関の戸に貼り付けた。こんな風にしか教えることができない自分がふがいなかった。啓太はセロテープが剝がれないように、何度も掌でこすりつけた。ちゃんと見つけろよ、と強く念じて。

始発が動き出すのを待って啓太は家を出た。淀屋橋の店に寄り、戸口に閉店を知らせる貼り紙を出す。店の鍵を高津宛に郵送すると、これですっきりしたはずなのに心が鈍く痛んだ。御堂筋沿いに梅田まで歩き、ＪＲ大阪駅まで来ると、意識が理香子に引っ張られた。足が勝手にステーションホテルへと向かってしまう。ロビーの前を行ったり来たりした。その度に自動扉が開いて朝のコーヒーの香りが流れてきた。

高ぁく、高ぁく、お空へ高ぁく。一生懸命空に向かって放り上げていたちっちゃなリュックは、どこへ置いてきてしまったのだろう。

結局ロビーへ入れずに道路を渡った。「小田島君」と呼ぶ声がした。振り返るとトランクを引いた理香子が自動扉の前に立っていた。彼女の口が、「おはよ」と動く。「おはよ」と啓太も唇を動かす。ユニバーサル・スタジオ行きの観光バスが、二人の間に割り込んだ。啓太はすぐにバスの向こうへと走ったが、理香子はいなくなっていた。

「そうですか。桃神のボン、蒸発しはったんですか。はあ？　高津さんが知らんのに、なんであたしが知ってますの。うちの人かって、おらんようになったのに」

突然訪ねてきた高津に久美子は、おや珍しい、と不気味に微笑んだ。勢いに任せて来た高津だったが、言いたいことをやんわり口にするこの女がやっぱり苦手だった。

久美子は本の迷路を通って、丁寧に高津をテーブルへ案内する。ロープにかけていた洗濯物のタオルを暖簾みたいにかき上げ、「粗茶ですけど、茶柱つきです」とお茶を出した。

「チキまで、おらんようになったんか」

「理香ちゃんも東京へ戻らはりましたしね」

よいこらしょっと、久美子もパイプ椅子を広げて高津の前に座った。「あら、これ、美味しいわ。特売やったのに」とテーブルに広げられていたスーパーのチラシを引き寄せる。

「つわものどもが夢のあと、か……」と高津は淋しさを隠せない。「理香ちゃんですけどね、東京へ戻る前にふらっと訪ねて来はったんです。朝の早い時間やったから、時さんがおらへんのを見計らってのことやろうけど」と久美子は湯飲みに息を吹きかける。

「仲が悪いんか?」

「仲よしでも、どっか気に食わんのが女同士やし」

「あんたらが、怖すぎるんとちゃうんかい」

「何を言わはりますの。あの子かって負けてますかいな。あたしらね、トランプをしましてん。娘と理香ちゃんとの三人でババ抜きを。あたしね、ババ抜き、嫌いですねん。そしたら理香ちゃんも嫌いやって言わはって。〝なんでババを抜かなあかんの、ジジイ抜いたらええやんか。ババってジョーカーやろ？　ジョーカーはピエロやで。ピエロは男やんか。なんでもかんでも女に責任、擦《なす》り付けんな、ドアホ〟ってえらい剣幕で」

「怒んの？　あの理香ちゃんが」

「どんな女でも男の前では化けますよって。知らんのは男だけ。ほんま、アホやわ、って、理香ちゃんが」

いや、絶対ちゃう。このオバハンや、と高津は愛想笑いが引きつる。

「言われてみたら、そやなあ、男はアホや、道化やなあ、ってあたしらも納得しましてね。ええ、はい。小学三年生のうちの娘ですら」

そして久美子は、「もういっぱい、どないです？」と菩薩のような笑みで急須を傾けた。「十分でございます」と高津はテーブルに三つ指をついて遠慮した。

「理香ちゃんも、男社会で肩を並べなあかんから、色々あるんですやろね。わざわざここへ来るなんて、あたしらに甘えてはったんかもしれませんわ。それこそ、甘いわ、ボケ、って言いたかったんですけどねえ。ふっふっふ」と久美子は口を窄めてお茶を啜る。何か知らんが今日の久美子は、一段と笑みが怖い。

「理香ちゃんもな、心のお宝をずっと探してんねん」と高津は言った。だから丸描いてチョンの宝探しに加えたのだ。

「探すって、ババ抜きで？」と久美子が自分を指す。

「何も久美さんがババやって言うてへんがな」

「あたしらは途中から、ジジ抜きに変えたんですけどね」

「いや、だから、ジジイって、あのなあ」

「みなさん、探すお宝がおありで、羨ましいわ」

「久美さんも、探したらええやんか。見て見ぬ振りして生きてても、おもろないやろ」

「心配してくれはらんでも、お宝が見えたら、とっとと独り占めしてますわ」

「ちゃうがな。宝、いうんはな……」

「黄金、宝石、札束。あたし、現金がええわあ」

うっとりと久美子は宙を見つめる。札束の山でも想像しているのだろう。

「チキは見つけたらしいで」高津は言った。

「見つけたって、何を？」久美子から笑みが消えた。

高津は骨董品に使う山吹色の防腐布にくるんだ古い和本を出した。近松門左衛門の「心中天網島」と「女殺油地獄」だ。木版刷りじゃない。手書きの稿本。「いろんな角度から検証せんと本物かどうかは決められんけど、かなりの線でいけてると思うで。賭けやけどな」と二冊揃えて久美子の前に滑らせる。久美子は半信半疑で本に触った。「出先は、団栗楼ですか？」と怪しみ、「どいつもこいつも、ドングリの背比べやったわ」と高津は「ここや」と床を指した。

「ここ？」

「かなり前に、どこかで買うてきよったゴミ本の束に紛れててん。お宝探しにかこつけて、あのボケ、あっちゃこっちゃと飲みまわっとったやろ？　寝るとこものうて、ここに寝泊りして、酔っ払って本の山を崩したんや。地震の後みたいに散らかってた日があったやろ？」

「そういえば、十日くらい前に……」

「昔に仕入れた段ボール箱の本が落ちてきたらしいわ。あのボケ、死ぬかと思いましたわ、って目を白黒させよんねん。さすがに、死んでくれ、って思ったな、冥府からつまみ出された妖怪に見えて」

あの時高津は、このけったいな生き物をどうしたもんやろ、と本気で心配したのだった。なんとも胡散臭くて、気味悪い。そのくせ人間とは思えないほど面白い。前歯の抜けた口でケタケタとチキは笑い、この二冊の古典籍を探してるお宝ということにして、桃神の色ボケのボンに売りつけたらどうかと、高津に持ちかけたのだった。

「五十万でどうや、とぬかしよったわ」

「すんません」

「謝らんでもええ。ほんまモンやったらお買い得やからな。疑って、いらん言うのもよし、賭けに乗ってワクワクすんのもつかの間の極楽。そういう値段やろが。百万、って言わんところが可愛いがな。人が賭けに乗る金額を知っとんねん。プロ相手や、詐欺でも何でもあらへん」

「買わはったんですか？」

「とりあえず預かりの証文を書いて、半額の二十五万円を渡したけどな」

「二十五万円も……」久美子は新たな借金を知り、項垂れた。

「久美さんに買い取れって、言うてへんがな。返却や。これを売った金で、俺が渡した金を返してくれたらええねん。市に出したら、買うアホもおるやろ。お宝にワクワクすんのは古本屋の性分やからな」

「市にって言わはっても、肝心なうちの人がどこに行ったかも分からへんのに」

「あんたらが売ったらええがな」

「あたしらが？」

「そうや、久美さんと時さんや。古本屋の世界が男ばっかりやからあかんねん。ふにゃふにゃのチンポばっかりが集まっとるから、うだつが上がらへんねん。一発、ぎゃふんと言わしたれ。いっぺんに目が醒めよるわ」

納得したように久美子は二冊の和本を防腐布に包みなおした。団栗楼はどうだったのかと高津に聞かれ、めぼしい本はあそこの娘とその間男に先を越されたと、含みのある言い方をした。

「啓太か？」

「さあ、誰ですやろ」

「売れそうな本はなかったんか？」

「とりあえず全部市に出しましたけど、あたしでもゴミばっかりやいうのが分かりましたから。あそこを手に入れさせたんは高津さんでしょう？　なんで余計なことばっかり、吹き込まはるんですか」

「指示して動くような奴やないやろが。あいつの意思や」

団栗楼は、先日死んだ店主でなく、その父親の徳蔵が始めた店だったのだ。チキの読みは当たっていた。子供の頃、古本屋の丁稚をしていた徳蔵は、ミナミの大火の際、逃げ惑う人々のどさくさに紛れて郭へ忍び込み、近松や西鶴の本をごっそり盗んできたのだ。そして、その足で、堺へ移築した遊郭に本を売り歩き、何年もかけて郭の大将の信頼をモノにして、隠し財宝の番人を名乗り出たのである。そういった裏金庫の噂を、親方たちから聞いていたのだろう。時代は大日本帝国軍の勝利がもたらした戦争景気にわいていた。

徳蔵は和歌山県に近い港町の遊郭で郭を一軒借りた。金庫の番人だから、もちろん家賃はタダだ。そして第二次世界大戦の終戦のどさくさで自分名義に変え、表向きは古本屋の看板を上げながら二階を連れ込み宿にして、お宝を独り占めしていたのだ。徳蔵のあとを継いだのは、もちろん息子だ。

あんねん、お宝が。あの団栗楼に。

しかし何一つ見つからない。戦後、闇オークションで流れた可能性は高い。面倒くさくなったチキが、蔵書を全部買い取ったのも無理はなかった。

「できすぎた話ですね」と久美子が疑わしそうに目を細める。

「世の中にはできすぎの話のほうが多いねん」と高津は、やりすぎたかな、とちょっと後悔した。まあ、たぶん、真相は似たようなもんだろう。立川の葬式にまで出るくらいだ、チキは内緒で何か摑んでいる。まあ、それも一興。

「そうやから言うて、なにもあんな店の本、全部買わんでもええのに」

「ぎょうさんのゴミを見たら欲しなるんが、チキやないか」

「桃神のボンに出し抜かれて、ほんま、アホやわ」

「啓太にそんな才覚、あらへん」

「如才ない人やと思いますよ。高津さんが分かってはらへんだけで」

「あのアホが得意なんは、試験に出るわけの分からん方程式を解くことだけや。んなもん、社会に出たら、何の役にも立つかいな。猫に小判、ブタに真珠、啓太に高知能、宝の持ち腐れとは、あいつのことや」

ところが、あっ、と高津は口を押さえた。「ほんまやな、持っとるな、お宝。腐らしとるだけで」「そうですやろ?」と久美子は勝ち誇ったようにニンマリする。

久美子はすっくと立ちあがった。両手を腰に当て、背筋を伸ばす。何が始まるのだろうと高津は目を白黒させた。

——抓《つか》みどりの女を見せんといへば、いづれも歓《よろこ》び、「譬《たと》へば腎虚《じんきょ》してそこの土となるべき事、たまたま一代男に生れての、それこそ願ひの道なれ」と——

舞台上の役者のように、久美子は声高々に暗誦する。「西鶴やな。いや、おみごと」なんとも言えない表情で高津は、ぱちぱちと拍手した。

「高津さんの言わはるとおりかもしれません。桃神のボンは、才覚がありそうで、西鶴が描く主人公にはなられへんかったお人ですわ。宝の持ち腐れ。ええお宝を持ってはんのに、よう見つけんと」

久美子は壁の隅に積み上げていた布団を崩して、シーツの間から古い和本の束を取り出した。束にしても十センチもない。しかしそれが何なのか高津には分かる。数年前、東京の大入札会で出ていたのを目にしていたからだ。

「さ、西鶴やないか」

手に取った高津は、その後の声が出なかった。間違いなく発刊当初の木版刷りだ。状態もいい。しかも人気の「好色一代男」が八巻全部そろっている。これほどの本は、博物館でしかお目にかかれない。巷に出回れば五百万円は堅いだろう。

「桃神のボンが入れあげてる団栗楼の若いお女郎さんが、隠してはったんです。あたしがあそこへ行ったとき、まだ寝てたんか、ヒヒみたいに茶髪が逆立ってましてね、訳のわからんことをふにょふにょ言わはったけど、又ごろんと横にならはって。あたしが不細工やから、油断してはったんですわ」

ほっほっほ、と久美子が笑う。高津は呆然と久美子を見上げた。ババ抜きのババは、このオバハンやったんか……。

「啓太から、連絡があったら知らせてや」と高津は立ち上がった。「ないと思いますよ」と久美子はにこやかに否定する。「ほんなら、チキが帰ったら教えてや」と言い換えると、「高津さんのほうが、あの人の居場所を知ってはると思ってましてんけど」と厭味いっぱいに頷いた。

学校からチキの娘が帰ってきた。「ただいま」と元気よく駆け込んできた少女は、高津にびっくりして立ち止まった。借金取りと間違えたのだ。

「こんにちは」と高津は精一杯の笑顔を作る。財布から千円札を抜くと、「ちゃんと勉強しいや」と握らせ、とんでもない、と久美子に拒まれると、「小遣いや。飴ちゃんでも買い」と女の子の頭を撫でてやった。「いや、ほんまに、どないしよう。今時の子は飴なんか食べへんのに」と久美子はまだ遠慮する。クソババア、と高津は腹の中で詰った。

高津は帰りがけに淀屋橋にある桃神書房へ足を運んだ。米相場を円滑にするために世界初の先物取引が行われた浪速の中心、世界経済のヘソ。いにしえの人間の業を高津は感じないではいられない。携帯電話ショップと美容院に挟まれた勝手口のような小さな桃神書房の入り口は、今日もシャッターが降ろされている。《都合により、閉店いたしました》の貼り紙はセロテープがはがれてぺらぺらしていた。高津は麻のジャケットのポケットから、啓太から送られてきた店の鍵を出した。掌の中で軽く投げ、再びポケットに入れる。あのボケにも、店を手放す度胸があったのかと、自分の計算違いに後悔がよぎった。「好色一代男」か……。どこにあるんやろな、それぞれの宝島は。

#《エピローグ》

市の準備でごった返している浪華古書会館で、「江戸版書店さん、地誌・紀行、8本括りの3」とはつらつとした時恵の声が響く。ムシカは出品リストにチェックを入れ、行方不明の七本を探した。毎週月曜日に行われる浪華古書市は、普段通りの要領の悪さで、ごちゃごちゃが慣れという法則のもとで整理されてゆく。「どうして店ごとに分けてワゴンに載せないのよ」と時恵は啓太と同じセリフで男どもを叱り飛ばしているが、古くからの習慣は、ちょっとやそっとで変わるものではなかった。それでも本をワゴンに載せるとき、誰ともなしに少しずつ出品者を意識するようになっている。時恵が浪華古書業界に新風を吹き込んだのだ。ムシカも真剣に、店を持つことを考え始めていた。啓太の家の水やりも今ではすっかり習慣になっている。時々、いつまでこれが続くのだろうと気鬱になるが、今となってはどうにもならない。あの晩、チキが電話に出たせいですぐに啓太は切ってしまった。切ったことより、かけてきた行為に嫌な予感がした。こんなことならなけなしの金をはたいてでも、タクシーを飛ばして駆けつけるべきだっただろう。翌朝、呼び出されたのは自分だと勝手な理由でついてきたチキが、ムシカより先に玄関に貼られたメモを見つけた。裏庭の土がまだ濡れていた。青いホースの上にピンクの象のジョーロが、これ見よがしに置かれていて、サヨナラを言われた気がした。ムシカは慌てて駅へと走った。公園や、コンビニも覗いた。淀屋橋の桃神書房へ駆けつけると、閉店を知らせる貼り紙が出ていて、さすがに体から力が抜けた。重い足取りで啓太の家へ戻ると、チキまでいなくなっていたのだから言葉も出ない。ピンクのジョーロが玄関先に転がっていた。ムシカは半ば放心状態でホースの上にジョーロを戻し、縁側に座った。座るとジーンズの脇ポケットがぷくんと突き出る。キツネの根付だ。入れっぱなしにしているせいで、今では何となくお守りみたいになっていた。

二人がいなくなってまだ二ヵ月しか経っていない。それでも日常の修復力はすさまじく、退屈で平穏な日々が繰り返されてゆく。高津はつまらなそうに一人で何かを探しているが、とりあえずは古本屋稼業に専念していた。もうすぐ中津川の花火大会がやってくる。

「高津さん、夕方にしませんか。何も一番暑い時間に歩かんでも」

梅田の駐車場に車を置いた高津は、ＪＲ大阪駅を通り越して中津方面へと歩いてゆく。阪急電車のガード下をくぐり、目と鼻の先に梅田のビル群が摩天楼のように聳えていながら、時代に置き去りにされたような昭和臭い商店街を通り抜けた。中津の河川敷がすぐ側だった。ポンポンと花火の空砲が上がっている。夜には空に大輪の花火が色鮮やかに咲くだろう。

高津は古い居酒屋の前でやっと立ち止まり、「カキ氷でも食べよか」と油っぽい縄暖簾をくぐった。サウナのような蒸し暑さの中で扇風機が回っていた。大阪のど真ん中でありながらエアコンのない店があるなんて、ムシカは信じられなかった。カウンターの横に置かれたテレビが、お昼のワイドショー番組を映している。

高津は入り口の側の席に座ると、「俺はレモン。お前は何にする？」と壁に貼られているメニューの短冊を見上げた。店員の姿は見えなかったが、厨房から煮物を炊く匂いがしていた。「じゃあ、僕はイチゴミルクで」とムシカはＴシャツの袖で汗を拭う。「あほ、四十円も高いがな。ただのイチゴにしとけ」と高津は大声でカキ氷を注文した。

メニューの短冊に混じって、とっくに公演が終わったミュージカルのポスターが始末されずに貼られていた。理香子が手がけた舞台だ。東京へ戻った理香子から、内勤へ異動したというメールが来たが、それっきり音沙汰がない。

店の前に軽トラックが停まった。おっ、と高津が首を伸ばし、何だろうとムシカも振り返る。首からタオルをかけた汗だくの啓太がビールケースを抱えて入ってきた。思わずムシカは立ち上がった。啓太もびっくりして、ビールケースを抱えたまま動けない。「よう」と高津が軽く手を上げた。「知ってはったんですか」と振り向くムシカに、「こいつはな、やることがしょぼいねん」と高津はミュージカルのポスターを指した。高津はこっそり啓太を探していたのだ。

二人の顔を認めると、啓太はビールケースを置き、反射的にムシカに詰め寄った。お宝がどうなったのか知りたかったのだ。そんな啓太の頭を、高津がポカッと叩いた。「ガキか、お前は」と無理やり椅子に座らせ、得意そうに花火観賞の特別席のチケットを出す。チケットは四枚あった。高津は一枚ずつ二人に配り、残りの二枚を扇子代わりにしてパタパタやった。高津の携帯電話が鳴った。高津はいたずら小僧みたいにニヤッとし、「理香ちゃんか？　そうか。もう新大阪に着いたんか」と応答する。

理香子と聞き、啓太の口元が嬉しそうに少し綻んだ。そんな啓太の表情に、ムシカはいろんな言葉を飲み込んで、「花火か。なんか、懐かしいな」と薄く微笑む。

カキ氷を運んできた店のオヤジがテレビの前で立ち止まり、吃驚した顔で見入った。「大将、何やってんねんな。溶けるがな」と高津が店のオヤジを振り返る。そして、あっ、と声を詰まらせた。ムシカと啓太もテレビに目をやる。空き家解体工事を中断した大阪南部の港町が映っていた。三人はそれぞれの想いに縛られ、呆然となった。無意識にムシカはジーンズの脇ポケットを触っていた。ポケットにはお守り代わりのキツネの根付が入っている。

大量の金が発見された現場は、野次馬とマスコミでごった返していた。空では何機もの新聞社のヘリがカモメたちを蹴散らし、港の平穏をかき乱している。駅前開発のための敷地整備が始まり、空き家を壊している最中に、おはじきのような丸い金が大量に出てきたのである。金は純度が高いと金属音を立てない。ザラッと地面に流れ出た茶褐色の玉を、最初はみんな、じゃりだと思った。一人だけが分かっていた。この機会をずっと狙っていたのだ。これぞまさにピンクの象のご利益。瘦せこけた貧乏臭い作業員がいなくなったことにまだ誰も気づいてなかった。気づいたとしても身元を割り出すのは無理だろう。どさくさに紛れてもぐりこんだ偽作業員だからだ。

街の騒ぎを気にしながら、貧相な小男のチキがみかん山を越えていた。ピクニックを装って作業服を押し込んだリュックを背負い、時々水筒に口をつけている。水を飲んでいる訳じゃない。飲んでいる振りをしているだけだ。みかんの木の害虫駆除をしている農家のオヤジに出くわすと、「暑いなあ、おっちゃん。ご苦労さん」と愛想よく通り過ぎた。水筒が重くて、手首がもげそうなほど痛かったが、死ぬ思いで我慢するのだ。ブルドーザーが団栗楼を潰した時、破風屋根に飛びついた拍子に手首をぐねったのだ。それでも屋根から零れ出た丸い玉を、鷲摑みにした。二摑みが限界だったが、三百五十ccの水筒がほぼ満杯になっている。六千万円分はあるだろう。重さと痛さで気を失いそうだったが、ここでくじけたら元も子もない。平然と歩くのは得意中の得意だ。よう見とけ。俺の一世一代のパフォーマンスや。

ヘロヘロになりながらもチキは、どうにか紀州の山へ続く孝子越街道へ出ていた。山越えするしかないと思っていた。水筒はまだ握っている。万が一、検問に引っかかっても、水を飲む振りをして手に持っていれば中身までは調べないだろう。

石を積んだトラックがカーブを曲がってくると、チキは水筒を足元に置き、大きく手を振った。一旦通り過ぎたトラックが、バックで戻って来る。

「兄ちゃん、生きてたんか」

「なんや、おっちゃんかいな。今度はちゃんと運転してや。頼むで」

チキは這いながら助手席に乗り込んだ。うっかりシートに手をつき、痛みで悲鳴をあげそうになったが、開いた口をどうにか窄めて口笛を吹く。夕立の雨雲が空を覆い始めていた。雷が低い唸りを轟かせている。ぐずぐずしているとまた土砂降りになるだろう。「竜神さん、見逃してえや」チキは残る力を振り絞り、全身全霊で早九字を切った。

一代男に生まれての、宝探しこそ願ひの道なれと。恋風にまかせ〝浪華〟の国より、日和《ひより》見すまし。

初出　「群像」二〇一四年十二月号、二〇一五年一月号

堂垣園江（どうがき・そのえ）
1960年大阪生まれ。1996年に「足下の土」で第39回群像新人文学賞優秀作。1994年からカナダに暮らし、1997年からメキシコに滞在、2000年に帰国し大阪に住む。2001年に『ベラクルス』で第23回野間文芸新人賞を受賞。他の著書に、『ゼラブカからの招待状』『ライオン・ダンス』『グッピー・クッキー』『うつくしい人生』などがある。

浪華《なにわ》古本屋《ふるほんや》騒動記《そうどうき》

二〇一五年四月一〇日　第一刷発行

著者――堂垣園江《どうがきそのえ》

発行者――鈴木　哲

発行所――株式会社講談社

東京都文京区音羽二―一二―二一

郵便番号一一二―八〇〇一

電話　出版部　〇三―五三九五―三五〇四

販売部　〇三―五三九五―三六二二

業務部　〇三―五三九五―三六一五

印刷所――凸版印刷株式会社

製本所――大口製本印刷株式会社

定価はカバーに表示してあります。

ISBN978-4-06-219404-4